AF144032

Zupacken, anpacken, loslassen …

FSC
www.fsc.org

MIX

Papier aus ver-
antwortungsvollen
Quellen
Paper from
responsible sources

FSC® C105338

Kurt Denk/Ulrich Schwaab

Zupacken, anpacken, loslassen …

Über die Motivation, Visionen umzusetzen und den richtigen Moment zu erkennen

Die Erfahrungsgeschichte des IRONMAN-Germany-Gründers Kurt Denk

Ulrich Schwaab, Jahrgang 1966, studierte Politikwissenschaft, Sport und Informationswissenschaft in Saarbrücken und Paris. Nach seinem Volontariat arbeitete er in verschiedenen Funktionen bei der Sächsischen Zeitung in Dresden. 2001 wechselte er als Leiter der Sportredaktion zum Wiesbadener Kurier. Dort war er über lange Jahre journalistischer Wegbegleiter des Ironman-Germany-Gründers Kurt Denk und erlebte auch den Aufstieg der Ironman-70.3-Europameisterschaft in der hessischen Landeshauptstadt von Beginn an mit. Schwaab gilt als profunder Kenner der Sportszene Hessens. Seit 2013 arbeitet er im Hessischen Ministerium des Innern und für Sport.

© 2014 Kurt Denk
Satz, Umschlaggestaltung und Herstellung:
BoD – Books on Demand
ISBN: 978-3-7357-1599-9

Inhalt

Die Zeit vor dem Urknall

Wie es begann, bevor es begann

Die Basis für alles, was später folgen sollte, begann während meiner Tätigkeit als Zeitungsdrucker bei der Frankfurter Rundschau. Bis 1993 war ich als verantwortlicher Maschinenführer an Zeitungsdruckmaschinen beschäftigt. Mein Team umfasste zwölf Mitarbeiter, meine Arbeitszeit lag in der Nacht. Schichtbeginn war 22 Uhr, Schichtende 6 Uhr. Im Vergleich zu heute war der Verdienst bei dieser verantwortungsvollen Tätigkeit recht ordentlich. Die Nachtarbeit war sehr lukrativ und durch die weitestgehend steuerfreien Sonn- und Feiertagsschichten konnte ich viel Geld ansparen. Geld, das ich später dazu nutzte, mir ein zweites berufliches Standbein aufzubauen: 1986 gründete ich eine Reiseagentur und nannte sie Hawaii Holiday Service. Das kleine Unternehmen veranstaltete Reisen und war spezialisiert auf die Hawaii-Inseln. Dieses zweite Standbein wuchs langsam, aber stetig heran. Der Anlass für diese Firmengründung war, dass ich meine privaten Reisen nach Hawaii, die ich seit vielen Jahren unternahm, möglichst kostenfrei gestalten wollte. Ich kam in früher Jugend durch das Windsurfen nach Hawaii und habe die Inseln schnell lieben gelernt. Neben dem Windsurfen lernte ich auf Hawaii auch Golf zu spielen. Jene Urlauber, die sich für diese beiden Sportarten und die Inselwelt Hawaiis interessierten, waren am Anfang die Zielgruppe für mein junges Reiseunternehmen. Um diesen Kundenkreis zu erreichen, gestaltete ich größtenteils in Eigenregie einen 20-seitigen Katalog mit Angeboten für das Atoll im Pazifik. Zudem machte ich mit Anzeigen in Tageszeitungen und Reisemagazinen auf meine Programme aufmerksam. Zu Beginn war der Kundenkreis leicht überschaubar. Ich hatte aber mein ursprüngliches Ziel erreicht.

Durch das zusätzlich verdiente Geld finanzierte ich mir meine eigenen Hawaii-Reisen. Nachdem ich mir mit meiner Firma einen festen Kundenkreis aufgebaut hatte, entschloss ich mich 1989, einen größeren und außergewöhnlichen Reisekatalog zu produzieren. Für dieses Projekt holte ich mir Rat und Tipps bei einem bekannten Designer ein. Die Gestaltung des neuen Katalogs erwies sich als Volltreffer. Im Gegensatz zu herkömmlichen Reisekatalogen hatte ich beim Layout Wert auf großflächige und aussagekräftige Bilder gelegt. Ich folgte dem Motto: Ein Bild sagt mehr als tausend Worte.

Bei der jährlich in Berlin stattfindenden Internationalen Tourismusbörse (ITB) erhielt dieser Reisekatalog dann sogar einen Ehrenpreis des Deutschen Reisebüro-Verbandes, die »Goldene Reisekutsche«. Die Verbandsjury prämierte insbesondere das innovative Design und die starke Aussagekraft meines Hawaii-Reisekatalogs. Mit einer solchen Auszeichnung hatte ich niemals gerechnet, aber sie machte mich auch stolz auf das von mir Erreichte. Ich hatte als unbekannter Einzelkämpfer eine Würdigung von höchster touristischer Stelle erfahren.

In Folge berichteten viele Tageszeitungen im Reiseteil über mein Hawaii-Programm. Die Ehrung von Berlin hatte sie auf meine Firma aufmerksam gemacht. Die Berichterstattung in den Medien steigerte natürlich auch den Bekanntheitsgrad von Hawaii Holiday Service, was wiederum dazu führte, dass bei mir mehr und mehr Buchungsanfragen eingingen.

Um der wachsenden Nachfrage gerecht zu werden, musste ich meine Freizeit und vor allem meinen Schlaf stark reduzieren und außerdem oft improvisieren. Wenn ich morgens gegen 6 Uhr vom Nachtdienst in der Druckerei nach Hause kam, stellte ich das Telefon neben mein Bett. Um 9 Uhr riefen schon oft die ersten Kunden an und ich war mit Buchungsanfragen gefordert. Es war eine sehr intensive Zeit, weil ich nun die berufliche Zweigleisigkeit erreicht hatte. Ohne Übertreibung kann ich sagen, dass ich voll ausgelastet war. Diese Zeit dauerte knapp vier Jahre. 1993 fasste ich dann einen mutigen Entschluss und wagte den Schritt in die komplette Selbstständigkeit. Ich beendete meine Tätigkeit als Zeitungsdrucker bei der Frankfurter Rundschau und verlor damit natürlich auch das bestehende Netz sozialer Absicherung. Mit dem Abschied von den Rotationsmaschinen betrat ich berufliches Neuland und musste schnell lernen, meine soziale Absicherung von nun an selbst in die Hand zu nehmen. Diese Erfahrungen waren sehr wichtig für meinen weiteren Weg, und nach einer gewissen Eingewöhnungszeit fühlte ich mich in meinem unternehmerischen Umfeld angekommen.

Die Firma Hawaii Holiday Service entwickelte sich in den Folgejahren sehr gut. Ich stellte die ersten Mitarbeiter ein und baute bald mein neues Haus, das in den unteren Etagen ein großzügiges Büro beherbergte, von wo aus die gesamte Firmentätigkeit geführt wurde. Außerdem erweiterte ich fortlaufend den Umfang der Programmangebote für Hawaii. Ein Teil dieser Erweiterung waren Reisen zum Honolulu-Marathon, die ich zusammen mit der deutschen Marathonlegende Herbert Steffny organisierte. Steffny war vor Ort auf Hawaii für die sportliche Betreuung der Kunden zuständig, vom morgendlichen Lauftraining bis zum Dehn- und Muskelaufbauprogramm. Ich kümmerte mich unterdessen als Reiseleiter um den touristischen Service für unsere Reisegruppe. Auch dieser Angebotsteil unseres Unternehmens wies hohe Wachstumsraten auf, die Zahl der Kunden stieg stark an. Bereits im zweiten Jahr umfasste die Honolulu-Marathongruppe 180 Teilnehmer.

Herbert Steffny war es dann, der mir empfahl, mein Augenmerk auch auf Triathleten zu richten, um auch für diesen Kundenbereich Reisen anzubieten. Die Triathleten reisten nämlich jedes Jahr im Oktober in großer Zahl nach Kona auf Hawaii, um dort an der IRONMAN-Weltmeisterschaft teilzunehmen. Ich folgte Steffnys Empfehlung, und im Oktober 1994 besuchte ich die IRONMAN-Veranstaltung in Kona zum ersten Mal. Von dem sportlichen Geschehen, das ich dort am Wettkampftag sah, war ich als Außenstehender etwas verwirrt. Während ein Teil der Athleten sich bereits auf dem Laufkurs befand, waren andere noch auf der Radstrecke unterwegs. Was mich aber komplett faszinierte und emotional tief berührte, waren die Athleten, die erst kurz vor Mitternacht die Ziellinie erreichten: völlig erschöpft, leer, ausgepumpt. Aber viele dieser Sportler hatten trotz der erkennbaren Strapazen ein Lächeln im Gesicht. Es kamen auch Teilnehmer ins Ziel, die ihre Kinder auf dem Rücken trugen oder an der Hand führten. Die Familien dieser Triathleten hatten stundenlang im Zielbereich gewartet. Jetzt übergaben sie die Kinder als Begleitung auf den allerletzten Metern eines langen Rennens. Welch eine Symbolik! Diese Eindrücke habe ich nie vergessen. Sie berührten mein Herz. Damals, in jenem Oktober 1994, entwickelte ich eine Art intensive Zuneigung zu diesen außergewöhnlichen Sportlern und ihrem Wettkampf. Mit ihnen verband mich ein starker innerer Kontakt. Dieses Gefühl hat sich bei mir bis heute nicht verändert.

Zurück in Deutschland nahm ich wieder Kontakt mit Herbert Steffny auf und berichtete ihm von meinen Erlebnissen. Mein Ziel war es nun, Triathlonreisen in unseren Reiseprogrammen genauso anzubieten, wie es für den Marathonbereich bereits erfolgreich funktionierte. Mein damaliger Entschluss, den Aufbau einer IRONMAN-Reisegruppe für Hawaii anzupacken, stellte einen weiteren wichtigen Schritt und den Motor für alles dar, was in späteren Jahren so intensiv und letztendlich erfolgreich folgen sollte.

1995 umfasste meine erste IRONMAN-Reisegruppe zur Weltmeisterschaft nach Kona 40 Teilnehmer. Im Jahr darauf waren es schon 120, und ab 1998 war die Zahl bereits auf über 400 pro Jahr gestiegen. Die Grundlage für diesen Erfolg bildeten im Wesentlichen zwei Bereiche: Erstens bewarb ich meine Reiseangebote direkt vor den Triathleten bei ihren Qualifikationswettkämpfen in Deutschland, der Schweiz und Österreich. Meine Firma war immer mit einem Messezelt auf dem Ausstellungsgelände der Sport-Expo vertreten. Auf diese Art und Weise konnte ich potentielle Kunden direkt erreichen. Der zweite Erfolgsgarant war der umfassende Service, den ich in Kona zusammen mit einem Helferteam unseren Kunden täglich anbot. Dieser Service umfasste etwa das gemeinsame morgendliche Lauftraining oder auch die Präsenz mit eigenen Servicefahrzeugen auf den Radtrainingsstrecken. Unsere Kunden erhielten dort kostenlos Wasser, Bananen, Äpfel und Energieriegel und selbstverständlich auch Ersatzreifen bei Reifenpannen. Die Athleten schätzten derlei Fürsorge. Ich hatte mir im Laufe der Jahre ein kleines Team aus der Triathlonszene zusammengestellt, das auf Hawaii mit meiner Frau Ines und mir die Rolle des Helfers und Tourenführers leistete und unseren Teilnehmern einen perfekten Service bieten wollte.

Im Bereich der Direktwerbung bei potentiellen Triathlonkunden für Hawaii richtete sich mein Hauptaugenmerk von Anfang an auf den IRONMAN-Qualifikationswettkampf im fränkischen Roth. Nicht nur, weil dort die meisten Startplätze für die Weltmeisterschaft auf Hawaii vergeben wurden, sondern auch wegen meiner Wertschätzung für die sehr professionelle Organisation dort. Die Veranstaltung in Roth stand seinerzeit unter der Leitung von Detlef Kühnel, der das Rennen als ersten IRONMAN in Europa überhaupt aufgebaut hatte.

1982 hatte er als erster Deutscher überhaupt am IRONMAN auf Hawaii teilgenommen. Ich lernte Kühnel 1995 durch meinen Freund Markus Storck kennen, dem Besitzer der Rennrad-Edelschmiede Storck-Bike. Storck war ein Szenekenner im Triathlon, der mir in den Anfangsjahren wichtige Tipps für mein IRONMAN-Reiseprogramm auf Hawaii gab.

Zwischen Kühnel und mir entwickelte sich in den Folgejahren ein fast freundschaftliches Verhältnis, begünstigt durch den Umstand, dass meine Frau Ines in der Nähe von Roth aufgewachsen war und die fränkische Seele bestens kannte. Diese gute Beziehung wurde noch vertieft, als Detlef Kühnel die engsten Mitarbeiter seines Teams zu einer Reise nach Hawaii einlud. Ich durfte diesen Trip gestalten und die Gruppe persönlich betreuen.

In vielen privaten Gesprächen schilderte mir Kühnel auch Zusammenhänge seiner Geschäftsbeziehung zu den amerikanischen Lizenzgebern der Marke IRONMAN. Er erzählte mir, dass er sich von den Amerikanern neuerdings schlecht behandelt fühle und dass diese ständig höhere Lizenzgebühren von ihm verlangten. Kühnel gestand mir sogar, dass er keine rechte Freude an der Partnerschaft mit den Besitzern der Marke IRONMAN mehr verspüre. Ich hörte bei ihm eine tiefe innere Unzufriedenheit heraus, allerdings konnte ich das seinerzeit noch nicht entsprechend einordnen. Dazu war ich noch zu neu im IROMAN-Umfeld und auch noch zu sehr auf meine Reisefirma konzentriert.

Ich persönlich halte Detlef Kühnel bis heute für den eigentlichen Begründer des ersten IRONMAN-Booms in Europa. Ohne sein Charisma und das ihm eigene Durchsetzungsvermögen wäre die Veranstaltung in Roth nie zu der Werthaltigkeit gelangt, die sie auch heute noch besitzt – auch wenn sie jetzt nicht mehr mit dem IRONMAN-Label versehen ist, sondern als Roth Challenge firmiert. Kühnel war ein Pionier und Macher, natürlich auch oft ein Machtmensch. Ich zolle aber seinem Lebenswerk allerhöchsten Respekt. Die Triathlon-Aufbauarbeit von ihm und seinen Vertrauten war ganz sicher auch eine Basis für meine spätere Erfolgsgeschichte in dieser Sportart und den dazugehörenden Veranstaltungen. Einen Knacks bekam die freundschaftliche Geschäftsbeziehung mit Detlef Kühnel, als ich ihm im Jahr 2000 mitteilte, dass der Präsident der IRONMAN-Organisation mich auf Hawaii wegen einer neu zu vergebenden Lizenz für Deutschland angesprochen habe. Es folgte eine Abkühlung in unserem Verhältnis, aber kein Riss in der Kommunikation.

Mir dämmerte es, dass ich mich persönlich kurz vor einem Urknall befand. Der Präsident der IRONMAN-Organisation bittet einen nicht ohne Grund um ein Gespräch.

Der Urknall und die Zeit danach

Wie, wo und warum alles entstanden ist

Im Oktober 2000 weilte ich in Kona auf Hawaii. Ich betreute dort die IRONMAN-Gruppe meiner Reisefirma Hawaii Holiday Service. Wie in den Jahren zuvor war ich dabei im Servicedienst außerhalb des Hotels im Einsatz. Für unsere Kunden fuhr ich in einem Mini-Van auf der Radstrecke. Bei einem dieser Serviceeinsätze, bei denen ich die Athleten mit Bananen, Energieriegeln und Getränken versorgte, sprach mich nachmittags ein Amerikaner an. Ein unscheinbarer Zeitgenosse mit Bart und Brille hatte sein Cabriolet direkt neben meinem Van am Straßenrand geparkt. Kurzerhand kam er auf mich zu und stellte sich vor: Lew Friedland. Er gab mir seine Businesskarte und sagte, dass er der Präsident der IRONMAN-Organisation WTC sei.

Sein Name war mir zu diesem Zeitpunkt durchaus schon geläufig, sein Gesicht war es freilich nicht. Er fragte mich, ob ich Zeit für ein Gespräch mit ihm hätte. Der erste Gedanke, der mir durch den Kopf schoss, war, dass ich mit dem Servicedienst für unsere Kunden vielleicht gegen IRONMAN-Regeln verstoßen hatte und meine Firma nun eine Art Schutzgebühr zahlen soll. Meine diesbezüglichen Sorgen waren aber überflüssig. Lew Friedland erzählte mir, dass er mich und meine Firma nun schon seit zwei Jahren beobachte und er es sehr gut und innovativ finde, wie wir mit unserem Service »seine Athleten« versorgten. Friedland betrachtete irgendwie alle Sportler als Teil der großen Triathlonfamilie. Er führte aus, dass er auch von den Profiathleten viel Positives über mein Unternehmen gehört habe und es ihn beeindrucke, wie meine Agentur innerhalb weniger Jahre eine solch imponierende Reiseorganisation

14

aufgebaut habe. Dann fragte er mich, wie viele Teilnehmer in diesem Jahr zu unserer Reisegruppe zählten und ob darunter eventuell auch Prominente oder andere wichtige Personen seien.

Ich erklärte ihm, dass es etwas über 400 Teilnehmer seien und durchaus der eine oder andere dabei sei, den man als wichtige Person bezeichnen könne. Ulrich Strunz etwa war Teil unserer Reisegruppe. Der Nürnberger galt zu dieser Zeit als Fitnesspapst und hatte zu diesem Thema bereits einige Bücher verfasst. Auch die Exradprofis Udo Bölts und Christian Henn fand ich auf unserer Teilnehmerliste.

Friedland wurde konkreter und bat mich, für ihn die Teilnehmerliste unserer Reisegruppe durchzuschauen und ihm dann Namen mitzuteilen, die eventuell für eine neue geschäftliche Aufgabe in Deutschland infrage kämen. Er verriet mir zudem, dass die WTC die IRONMAN-Lizenz für Deutschland wahrscheinlich neu vergeben möchte und er nach möglichen Kontakten zu infrage kommenden Personen suche.

Seine Aussagen überraschten mich und ich fragte ihn, warum denn die bisherige Veranstaltung in Roth und im Zusammenhang damit Detlef Kühnel nicht Ansprechpartner und erste Wahl seien.

Daraufhin erklärte mir Friedland, dass es seit einiger Zeit starke Differenzen zwischen der WTC und den Organisatoren von Roth gebe. »Ich kann mir eine Verlängerung der 2001 auslaufenden Lizenz nicht mehr vorstellen. Ich bin sehr enttäuscht von Detlef Kühnel«, lautete das Fazit des WTC-Präsidenten. Gleichzeitig bat er mich, diese Information vertraulich zu behandeln. Das tat ich zwar, doch interessanterweise hatte Kühnel mir gegenüber das Gleiche geäußert und sich über die Sonderwünsche der Amerikaner beklagt. Dazu muss man wissen, dass Kühnel mit dem Event von Roth gutes Geld verdiente und die Amerikaner Stück für Stück an diesem Kuchen partizipieren wollten. Zu Beginn war der WTC als Lizenzgeber das Rennen in Roth weitestgehend gleichgültig. Dabei war es Kühnel, der den Begriff IRONMAN in Europa erstmals bekannt gemacht hatte.

Friedland beendete dann das Gespräch mit einem sichtbaren Augenzwinkern in meine Richtung und der Bemerkung, dass er glaube, von mir einen guten Vorschlag zu hören. Er erwarte mich gern am nächsten Morgen um 9 Uhr zu einem Frühstücksmeeting in seinem Hotel und freue sich auf meine Anregungen. Sprach's, setzte sich in sein Cabriolet und fuhr davon. Mich ließ er mit einer Mischung aus Überraschung und Sprachlosigkeit zurück.

Ich fuhr dann ebenfalls zurück nach Kona ins Hotel und ging abends unsere Teilnehmerliste nach möglichen Namen durch, die ich Friedland am nächsten Morgen geben könnte. Ich erlebte meine erste schlaflose Nacht, viele weitere sollten folgen.

Als ich Lew Friedland am nächsten Morgen in dessen Hotel beim Frühstück gegenübertrat, war ich genauso schlau wie zuvor. Aus den vielen potenten Kundennamen meiner Reisegruppe konnte ich trotz meiner nächtlichen Sichtaktion keine Person auswählen, die ich ihm hätte nennen können. Ich befand mich nun in einer sehr zwiespältigen Stimmungslage: Einerseits musste ich mir eingestehen, niemanden in meinen Listen gefunden zu haben, der Friedlands Vorgaben entsprach. Andererseits folgte ich dem Gedanken, dass ich einen so wichtigen Mann wohl nicht enttäuschen dürfe. Dies war also meine Gefühlsmischung, als ich im Hotel King Kamehamea in Kona Lew Friedland beim Frühstück gegenübersaß.

Kaum hatte ich an seinem Tisch Platz genommen und mit ihm die üblichen Begrüßungsformeln ausgetauscht, richtete er die gefürchtete Frage an mich:»Hey Kurt, do you have a name for me?«

Was nun folgte, war eine Mischung aus Intuition und Wagemut, denn die nachfolgende Aussage hatte ich eine Sekunde zuvor noch nicht im Entferntesten im Kopf. Ich antwortete ihm spontan und aus einem Bauchgefühl heraus:»Sorry, Lew, I found no name, but I believe that I can do this.«Als ich den Satz ausgesprochen hatte, dachte ich aber sofort, dass der Kerl gleich vor Lachen platzt.

Dem war aber nicht so. Lew Friedland lachte nicht, sondern streckte mir die Hand entgegen und sagte:»Kurt, this is the answer that I expected from a man like you – let us talk business.«

Das war die Situation, die ich für mich als Urknall bezeichne – bezogen auf die Entwicklungen, die sich daraus ergaben. Sie sollten mein bisheriges und zukünftiges Leben als auch die Entwicklung des Triathlons in Deutschland gehörig durcheinanderwirbeln. Es war dies der Beginn der spannendsten Abenteuerreise meines Lebens. Eine Reise, die ich zu keinem Zeitpunkt auch nur annähernd so in meinen Planungen vorgesehen hatte. Mehr noch: Ich hatte ja eigentlich überhaupt kein»Gepäck«, sprich Erfahrung, für eine solche»Reise«parat. Ich versuchte postwendend, Friedland in dem nachfolgenden langen und persönlichen Gespräch meine diesbezügliche Unerfahrenheit darzulegen. Ich verwies darauf, dass ich noch niemals einen IRONMAN organisiert hätte und dass ich auch kein Triathlet sei. Ich sei zwar durch meine frühere Zeit als Leistungssportler im alpinen Skilauf dem Sport sehr nahe und innerlich verbunden, doch fehle mir komplett der Stallgeruch in Bezug auf IRONMAN-Veranstaltungen.

Friedland hörte sich alles an. In Ruhe. Ein mildes Lächeln umspielte seinen Mund. Als ich fertig war mit der Ausführung meiner Bedenken, sagte er zu mir:»Ich habe beobachtet und gesehen, was du in den letzten Jahren mit deiner Reisegruppe aufgebaut hast. Auch das hat einmal an einem Nullpunkt begonnen. Aber du hast mit viel Kreativität und einer klaren Struktur die Sache zum Erfolg geführt. Du warst auch bisher kein Triathlet und trotzdem hast du Erfolg gehabt und jedes

Jahr mehr und mehr Athleten als Kunden gewonnen. Der Erfolg von dir und deiner Firma ist auch entstanden, weil du das Herz der Triathleten verstehen gelernt hast, in deiner täglichen Arbeit mit ihnen. Du musst auch in Zukunft kein Triathlet werden. Man muss nicht zwingend Triathlet sein, um ein guter Organisator für eine IRONMAN-Veranstaltung zu werden. Manchmal ist es sogar besser, wenn eine außenstehende Sichtweise die starren Strukturen aufbricht und weiterentwickelt. Ich vertraue dir. Deiner Kreativität und Willenskraft. Mach dich nun an die Arbeit und lege mir deine Pläne, Vorstellungen und Ideen bis kommenden Februar vor, und danach werden wir sehen, wie wir alles vertraglich aufbauen können.«

Lew Friedland verabschiedete sich nach gut zwei Stunden von mir. Nicht ohne mir folgende Worte mit auf den Weg zu geben: »Wir brauchen frisches Blut, neue Ideen. Und wir brauchen neue Leute mit Mut und Visionen.« Das alles verband er ganz offensichtlich mit mir. Und für mich hatte soeben die Abenteuerreise meines Lebens begonnen. Es war der Zeitpunkt des ZUPACKENS im richtigen Moment, der mir damals einen völlig neuen Weg aufzeigte. Einen Weg in eine bis dahin für mich nicht gekannte Welt und für deren Entdeckung eine Vision sich in mir entwickelte.

Wie meine Vision zur Planung reifte

Wenige Tage nach dem entscheidungsträchtigen Frühstück mit Lew Friedland flog ich zurück nach Deutschland. Während des Flugs begann ich, meine Ideen für den zukünftigen IRONMAN Germany zusammenzufassen. Zeit hatte ich reichlich, denn der Rückflug dauerte 20 Stunden, und in dieser Zeit war ich hauptsächlich mit dem Niederschreiben meines Gedankenpuzzles beschäftigt. Bereits jetzt begann die Phase des

ANPACKENS, des Umsetzens meiner entstandenen Vision. In meinen Vorstellungen, wie und wo ich die Wettkampfstrecken platzieren wollte, spielte von Anfang an nur Frankfurt eine Rolle. Frankfurt ist meine Stadt seit frühester Jugend, ich liebe diese Stadt und ihr Ambiente, die atemberaubende Mischung aus historischen Gebäuden und einer faszinierenden modernen Skyline. Besonders gut erkennbar wird dieses kraftvolle Miteinander, das voller Energie und Spannung steckt, im Bereich um das Museumsufer und am Römerberg. In dieses Kraftfeld voller Inspiration wollte ich das Herzstück des neuen IRONMAN Germany implantieren. Die Innenstadt wollte ich in eine Sportarena verwandeln. Ein anonymer Außenbezirk oder ein Park hatte in meinen Vorstellungen nie den Hauch einer Chance.

Mit diesen Visionen begann ich die Streckengestaltung. Die Herausforderung war immens und ein Wagnis zugleich: Bis zu diesem Zeitpunkt war noch niemals zuvor eine IRONMAN-Veranstaltung für die Stadtmitte geplant und im Herzen einer Großstadt ausgetragen worden. Es war komplettes logistisches Neuland, was betreten wurde – ausgedacht von einem Neuling in der Triathlonszene.

Als ich in den Folgemonaten einigen Experten aus der Triathlonszene mein Konzept vorlegte und sie um ihre Meinung bat, erfuhr ich von den meisten mehr oder weniger Ablehnung. Nach Einschätzung der Experten war ein solches Konzept zum Scheitern verurteilt, Frankfurt am Main mit seinem Umland wäre kein geeigneter Platz für eine derartige Veranstaltung. Interessanterweise haben mir nach der erfolgreichen Premierenveranstaltung viele der vorherigen Schwarzseher für mein zukunftsweisendes Konzept gratuliert. Es zeigte sich, dass sich auch Experten irren können und dass ich damals gut beraten war, den Weg zur Umsetzung meines revolutionären Plans konsequent zu beschreiten. Der feste Glaube an die

Verwirklichung meiner Idee war damals ebenso mein Wegbegleiter wie wenige enge Freunde, die meine Vorstellungen von Anfang an unterstützten.

Als Schwimmstrecke für den IRONMAN hatte ich mir naheliegenderweise den Main ausgedacht. Auch aus logistischen Gründen wollte ich dies tun, denn damit wäre die Organisation des Rennens mit nur einer Wechselzone ausgekommen. Die Möglichkeit von nur einer Wechselzone hätte dem Organisationsteam einen doppelten Arbeitsaufwand erspart und das Veranstaltungsbudget mit circa 90 000 Euro weniger belastet. Start und Ziel für die 3,8 Kilometer lange Schwimmstrecke sollte der Bereich um den »Eisernen Steg« sein. Diese Brücke verbindet mitten im Herzen Frankfurts den Römerberg mit dem Museumsufer und bietet atemberaubende Blicke auf die Hochhäuser des Bankenviertels. Am »Eisernen Steg« wäre auch der Wechsel vom Radfahren zum Laufen erfolgt. Für die Zuschauer und die Produzenten von Fernsehbildern wäre dieses Ambiente im Areal um die historische Brücke geradezu ideal gewesen.

Sehr bald musste ich aber erkennen, dass eine Schwimmstrecke im Main zu viele gesundheitliche Risiken für die Athleten mit sich bringen würde. Die Verantwortung für die Gesundheit der Teilnehmer genoss aber den uneingeschränkten Vorrang vor der Idee noch so schöner Fernsehbilder oder der Möglichkeit, das Rennbudget zu entlasten. Schweren Herzens musste ich meine ursprüngliche Streckenidee somit begraben. Dass der Main als Schwimmstrecke abgelehnt werden musste, beruhte auf zwei schwerwiegenden Risikofaktoren. Zum einen ist der Belastungsgrad des Flusses mit koliformen Bakterien schwer in den Griff zu bekommen. Angesichts der langen Schwimmdauer auf der IRONMAN-Distanz hätte diese mögliche Infektionsquelle die Sportler noch zusätzlich gefährden können. Zum anderen stellt die hohe Fließgeschwindigkeit des Mains eine Gefahrenquelle dar. Die Strömung verursacht insbesondere an den vielen Brückenbereichen gefährliche Verwirbelungen. Die Strömungsgeschwindigkeit des Flusses hätte nur gesenkt werden können, wenn man für mindestens 48 Stunden die Staustufe Offenbach im Osten und gleichzeitig die Staustufe Schwanheim im Westen komplett geschlossen hätte. Da der Main aber eine Bundesschifffahrtsstraße ist, mit entsprechend hohen täglichen Frachtbewegungen, wäre eine zweitägige Sperrung mit nicht zu verantwortenden Belastungen für die Berufsschifffahrt verbunden gewesen.

Ich musste mich also schweren Herzens auf die Suche nach passenden Alternativen für die IRONMAN-Schwimmstrecke machen. Dies ist leichter gesagt als getan. Viele Möglichkeiten gibt es nicht im nahen Umland von Frankfurt. Mein nächster Schritt führte mich zum Langener Waldsee, der rund zwölf Kilometer südlich der Frankfurter Innenstadt liegt. Mir war der See noch in guter Erinnerung aus meinen Jugendtagen. Ende der 1970er-Jahre startete ich auf diesem Baggersee die ersten Versuche, Windsurfen zu lernen.

Als ich mich am Waldsee umschaute, erkannte ich unter den Mitarbeitern des dortigen Freibads auch einige Gesichter, die mir aus früheren Jahren noch bekannt waren. Ich sprach zuerst Willi Appel an. Er war Leiter des Strandbads und hatte auch mich wiedererkannt. Es war von Anfang an ein sehr herzliches Gespräch mit ihm, und Appel war von meinem Plan regelrecht begeistert. Appel war eine gute Seele, deren Größe dem Umfang seines Bauches ebenbürtig war. Appel versicherte mir, dass er und seine Kollegen alles Erdenkliche tun würden, um die Schwimmstrecke samt Wechselzone für den IRONMAN so perfekt wie möglich hinzubekommen. Appel gab mir dann noch die Namen der Ansprechpartner bei der Stadt Langen, auf deren Grund sich der Waldsee befindet, und jenes Unternehmens, das den Kies aus dem Waldsee baggert. Meine Aufgabe war es jetzt, von diesen beiden Stellen die notwendigen

Genehmigungen und die Unterstützung für mein Projekt zu erhalten.

Bei der Vorstellung meines Plans in der Langener Stadtverwaltung erklärte ich Bürgermeister Günter Pitthan unter anderem, dass zum IRONMAN-Schwimmstart durchaus mit circa 10 000 Besuchern zu rechnen sei und wir entsprechende Parkmöglichkeiten benötigten. Der Bürgermeister schaute mich an. Sein Gesichtsausdruck schwankte zwischen Belustigung und Ungläubigkeit. Pitthan und seine Mitarbeiter versicherten mir aber, dass die Stadt Langen alles Notwendige an Unterstützung unternehmen werde, damit der Bereich des Schwimmens beim IRONMAN zum Erfolg würde. Zum damaligen Zeitpunkt war dies die wichtigste Botschaft. Mir fiel ein Stein vom Herzen.

Nach der erfolgreichen Premierenveranstaltung mit von der Polizei geschätzten mehr als 12 000 Zuschauern auf dem Waldseegelände gestand mir der Bürgermeister, dass er nie und nimmer an die von mir genannte Zuschauerzahl geglaubt habe.

Die Schwimmstrecke war in trockenen Tüchern. Jetzt machte ich mich daran, die Planungen für die Rad- und Laufstrecke in Angriff zu nehmen. Bei der Radstreckengestaltung leitete mich von Anfang an der Gedanke, mich nicht auf den Westen von Frankfurt und eine Streckenführung ähnlich der des Rennens »Rund um den Henninger Turm« zu konzentrieren. Ich suchte nach einer Lösung, den 180 Kilometer langen Radkurs im Osten und Nordosten von Frankfurt zu konzipieren. Zwei Hauptgründe waren dafür ausschlaggebend. Einerseits ist ein IRONMAN an sich – durch das vorherige Schwimmen und den abschließenden Marathonlauf – schon Anstrengung genug. Deshalb muss die Radstrecke nicht noch durch Herausforderungen wie den steilen Mammolshainer Berg oder den 880 Meter hohen Feldberg im Taunus extrem schwierig gestaltet werden. Andererseits ist der Westen von Frankfurt mit seiner Vielzahl von Autobahnkreuzen und wichtigen Flughafenzubringern nicht geeignet, die Vollsperrung einer Radstrecke von über acht Stunden verkehrstechnisch zu verkraften. Eine Vollsperrung war aber absolut erforderlich. Darüber war ich mir von Anfang an im Klaren, denn nur so besaß ich als Veranstalter letztendlich auch die notwendige Geschäftsgrundlage und war versicherungstechnisch abgesichert. Vor allem aber dient die Vollsperrung der Radstrecke natürlich der Sicherheit aller Athleten und ist unverzichtbar, um Unfälle zu vermeiden.

Tage- und nächtelang war ich in den kommenden Wochen damit beschäftigt, das Kilometerpuzzle der zukünftigen Radstrecke des IRONMAN zusammenzusetzen. Das war eine mühsame Detailarbeit, wie das Fertigen eines Puzzles, bei dem jedes Teil lange gesucht werden muss, ehe es an der richtigen Stelle sitzt. Bei diesem Puzzlespiel fuhr ich sowohl mit meinem Auto als auch mit dem Rad umher, bastelte Teilbereiche zusammen, verwarf wiederum an anderer Stelle welche. Am Ende hatte ich einen Rundkurs zusammengestellt, der zweimal zu absolvieren war und 180 Kilometer betrug. Der Kern meiner damaligen Streckenschnitzarbeit bildet noch bis heute den Kurs der IRONMAN-Germany-Radstrecke.

In der Planungsphase hatte ich versucht, mit der Radstrecke eine Art eierlegende Wollmilchsau hinzubekommen, die einerseits eine behördliche Vollsperrung erlangen kann, deren Profil andererseits aber auch eine Herausforderung für die Athleten bedeutet.

Als ich Monate später mit dem Schweizer IRONMAN-Veranstalter Martin Koller diese Radstrecke mehrfach abfuhr, gab er mir noch wichtige Korrekturhinweise. Das Schönste: Gemeinsam gaben wir markanten Streckenabschnitten griffige Bezeichnungen. So entstanden die heute bekannten Streckenabschnittsnamen wie die neunprozentige Steigung »Heartbreak

Hill« in Bad Vilbel, die knapp 500 Meter lange Kopfsteinpflasterpassage »The Hell« in Maintal und die bei Bergen-Enkheim aus der Mainebene in die Hügel des Main-Kinzig-Kreises führende Berganpassage »The Beast«.

Abschließend machte ich mich nun daran, die Marathonstrecke zu gestalten. Dabei hatte ich von Anfang an die Bereiche auf beiden Seiten des Frankfurter Mainufers in meinen Plänen. Ein Gedanke war mein Leitmotiv: Ich muss den Athleten visuelle Reize bieten. Wenn sie innerlich am Ende eines Marathonlaufes schon tausend Tode gestorben sind, helfen optische Reize, Schmerzen zu lindern und über die vielen toten Punkte hinwegzukommen. Ich selbst hatte dies ein Jahr zuvor so von meinem eigenen Marathonlauf in Honolulu in Erinnerung. Als ich dort am Start war und nach 35 Kilometern eigentlich aufgeben wollte, rüttelte der wunderschöne Anblick der dortigen Laufstrecke mich wieder wach und trieb mich vorwärts. Die Marathonstrecke beim IRONMAN Germany in Frankfurt wollte ich deshalb auch so gestalten, dass sie als anregend und schön empfunden wird. Die Teilnehmer sollten auf einer Seite der Strecke immer die imposante Skyline von Frankfurt im Blick haben und auf der anderen Streckenseite die eindrucksvollen historischen Gebäude des Museumsuferbereichs sehen können. Diesen Grundsatz konnte ich verwirklichen, und abgesehen von lediglich kleinen Verschiebungen ist diese Streckenwahl bis heute so erhalten geblieben.

Der Schlussteil dieser schönen Laufstrecke sollte dann das Allerschönste sein, sozusagen das Beste zum Schluss: der weltweit einmalige Zieleinlauf auf dem historischen Römerberg, mitten im Herzen der Stadt Frankfurt. Dort, wo früher deutsche Kaiser gekrönt wurden, genau dort wollte ich den Zieleinlauf und die Siegerehrung für die Athleten veranstalten, um diesen das abschließende Gefühl mit nach Hause zu geben, selbst für einen Tag König gewesen zu sein. Das war mein Leitmotiv und innerer Antrieb für den Zieleinlauf auf dem Römerberg, das ich letztlich, auch zum Teil gegen heftigen Widerstand von vielen Bedenkenträgern, durchgesetzt habe.

Als ich 2002 bei der Siegerehrung später durch den Kaisersaal zum Balkon des Römer Rathauses ging, erinnerte ich mich an einen ganz bestimmten Jugendtag. Im Alter von 13 Jahren durfte ich dort im Kaisersaal des Rathauses dem damaligen amerikanischen Präsidenten John F. Kennedy gegenübertreten und ihm als Redakteur der Schülerzeitung meiner Schule einige Fragen stellen, als dieser anlässlich seines Deutschlandbesuches auch in Frankfurt weilte. Ein für mich bis heute unvergesslicher und beeindruckender Moment.

Einer, der in 2002 berechtigte Einwände gegen den Zieleinlauf auf dem Römerberg äußerte, war der Brandschutzbeauftragte der Stadt Frankfurt. Er bemängelte den zu geringen Abstand zwischen Tribünen und Häuserzeilen. Immer und immer wieder nervte er mit pedantischen Vergleichen um Zentimeter. Viel fehlte nicht und ich hätte den Zieleinlauf auf dem Römer verworfen. Einmal gar drohte ich:»Morgen früh gehe ich zur Oberbürgermeisterin und blase alles ab.«

Aufregung erfasste meine Gesprächspartner.»Ich habe meine Vorschriften«, rechtfertigte sich der Brandschutzbeauftragte. Schließlich raufte ich mich mit ihm zusammen und wir fanden eine Lösung für Feuerwehrzufahrtswege und dergleichen. Diese Hürde war gemeistert.

Als es schließlich in die Endplanung ging, gab ich dann das Sahnehäubchen obendrauf. Wir beschlossen den Aufbau einer eindrucksvollen Tribünenkonstruktion in diesem wunderbaren Zielbereich auf dem Römerberg.

Der zur Premiere aus den USA angereiste IRONMAN-Präsident Lew Friedland sagte mir später, dass er eine solch mächtige Tribüne noch bei keinem IRONMAN-Wettkampf gesehen habe.

Er gestand mir auch, dass er zunächst Zweifel hatte, ob diese Tribüne wirklich mit Zuschauern gefüllt werden könne, und dass er Angst vor der Peinlichkeit eventuell nur halb voller Ränge gehabt habe. Seine Bedenken waren aber unbegründet, denn diese Tribüne war am Renntag bis zum letzten Platz besetzt und der Römerberg mit fast 10 000 Zuschauern gefüllt. Ich hatte am Premierentag allerdings auch Glück und den Wettergott auf meiner Seite, denn den ganzen Tag über herrschte Sonnenschein, und diese Kombination ließ so manch harten vorherigen Kampf um diesen so wunderbaren Zieleinlauf in den Hintergrund treten.

Noch heute verspüre ich manchmal Tränen der Rührung; die Bilder der auf dem Römerberg einlaufenden Athleten wirken in mir noch immer intensiv. Ich bin froh, dass ich damals so hartnäckig für diesen Zieleinlauf gekämpft habe und dieser mittlerweile Kultstatus innerhalb der internationalen Triathlonszene hat. Gerade der Zieleinlauf auf dem Römerberg macht den Frankfurter IRONMAN so prestigeträchtig und einmalig.

Wie die Lizenzverträge entstanden

Sobald ich die Streckenplanungen für Frankfurt weitgehend abgeschlossen hatte, fasste ich diese in einem Gesamtkonzept zusammen. Darin legte ich auch fest, wo die Ruhezone für die Teilnehmer, der sogenannte Athlets Garden, nach deren Zieldurchlauf sein sollte. Ich plante, wo ich das Rennbüro, die Pasta- und Awardparty und das Gelände für die Verkaufsausstellung ansiedeln wollte. Ich wollte unbedingt ein Umfeld für die Teilnehmer schaffen, das sich durch kurze Wege und schnelle Erreichbarkeit auszeichnete. In dem Gesamtkonzept war auch der Budgetplan enthalten. Er setzte sich auf der Einnahmenseite aus den zu erwartenden Sponsoringerlösen und Startgeldern zusammen. Als Garantiesumme stand mir weitgehend persönliches Eigenkapital zur Verfügung. Hand aufs Herz: Manche Planungsansätze wie die Einnahmen aus Sponsoringverträgen stellten sich im Nachhinein als sehr blauäugig heraus. Während der Vorbereitungsphase war ich mit den Gedanken aber zu sehr auf das perfekte Gelingen der Premiere fokussiert.

Mein Konzept schickte ich Lew Friedland nach Florida, so wie wir es im Oktober 2000 in Kona vereinbart hatten. Nun war ich gespannt auf seine Reaktion und auf die nächsten Schritte. Ich musste nicht lange warten, denn einige Tage später rief mich Friedland an. Er bedankte sich für das Konzept und bat mich gleichzeitig, zur Abstimmung des weiteren Vorgehens und zur Vertragsvorbereitung in die WTC-Zentrale nach Florida zu kommen. Dort wolle er mit mir noch weitere Einzelheiten besprechen.

Ich machte mich also einige Tage später auf den Weg nach Florida. Ich flog zunächst bis Tampa und nahm mir dort einen Mietwagen für den Rest der Strecke nach Tarpon Springs, dem Sitz der IRONMAN-Zentrale.

Diese Zentrale lag etwas versteckt und war in das große Gebäude einer Augenklinik integriert, die ein gewisser Pat Gills leitete. Er war damals Eigentümer von IRONMAN und der WTC. Ich saß derweil in Friedlands Büro, wo Gills zu uns stieß. Friedland machte uns miteinander bekannt. Gills galt auf dem Gebiet der Augenchirurgie in den USA als absolute Koryphäe. In seinem Büro sah ich später Bilder, die an berühmte Patienten erinnerten: Die US-Präsidenten Ronald Reagan und George Bush bedankten sich darauf mit persönlichen Widmungen für die erfolgreiche Behandlung des grauen Stars. Gills war damals Ende 60, er machte auf mich einen ruhigen Eindruck und war ein aufmerksamer Zuhörer. Er erzählte mir auch, dass er tief religiös verwurzelt sei und sein Arbeitstag nie unter 12 bis 14 Stunden habe. Wir unterhielten uns über meinen Plan und mein Konzept. Dann kam Lew Friedland schnell auf einen Punkt zu sprechen, den ich bis dahin so noch nicht von ihm gehört hatte.

Er teilte mir mit, dass die WTC ihre Lizenzverträge mit den jeweiligen nationalen Veranstaltern immer für fünf Jahre abschließen würde und so möchte er dies auch mit mir halten, und zwar von zunächst 2002 bis 2006. Er wünschte aber, da ich ein Erstvertragspartner für die WTC sei, dass ich mich für die ersten Jahre mit einem sogenannten IRONMAN-Paten geschäftlich zusammenschließe. Diesen Paten könne ich mir aussuchen. Er nannte mir auch gleich zwei Namen: die Firma Triangle in Klagenfurt, die seit einigen Jahren den IRON-MAN Austria veranstaltet, und die Firma BK Sport Promotion aus Zürich, die den Schweizer IRONMAN organisiert. Beide Veranstalter waren mir bekannt, denn ich hatte bei deren Veranstaltungen seit einigen Jahren mit meiner Reisefirma Hawaii Holiday Service immer einen Messe-Expoplatz gebucht. Ich bewarb dort, genau wie in Roth, unsere Triathlonreisen nach Hawaii.

In Bezug auf die Firma Triangle stellte mir Lew Friedland dann am Ende unseres Gesprächs noch Mark Allen vor, den sechsfachen IRONMAN-Hawaii-Sieger, sozusagen eine lebende IRONMAN-Legende. Dieser weilte an jenem Tag auch in der WTC-Zentrale. Allen erklärte mir, dass er mit der Firma Triangle aus Klagenfurt geschäftlich verbunden sei, er Anteile an dieser Agentur besitze und er mir»the guys from Austria« als Partner empfehlen könne. Im weiteren Verlauf unserer Unterhaltung fragte Allen mich noch in verschiedene Richtungen aus, auch in Bezug darauf, was ich früher sowohl sportlich als auch geschäftlich gemacht habe. Dabei war er von den Ausführungen über meine aktive Zeit im alpinen Skirennsport und meiner Hawaii-Reiseagentur sehr angetan. Wesentlich kritischer wurde er aber, als ich ihm schilderte, dass ich noch nie einen IRONMAN organisiert hatte und bisher nur als Expogast mit meiner Reisefirma die Veranstaltungen beobachtet hatte. Daraufhin kam Allen zu einem knappen Fazit: Ich müsse »a little silly«, also ein klein wenig dumm sein. Mein Vorhaben könne aufgrund meiner Unerfahrenheit unmöglich gelingen. Der große Mark Allen reihte sich damit in die Reihe vieler Experten ein, die meiner Mission am Anfang keinerlei Chancen gegeben hatten. Allerdings muss ich zu seiner persönlichen Ehrenrettung sagen, dass er später mir gegenüber seine negative Meinung revidierte. Nachdem im August 2002 der erste IRONMAN Germany in Frankfurt erfolgreich stattgefunden hatte, traf ich Allen im Oktober in Kona wieder. Er kam auf mich zu, streckte seine Hand aus und rief mir zu: »Kurt, congratulations for your great Ironman event in Frankfurt! You did a great job.«

In den Zeitraum zwischen diesen beiden Meinungen von Mark Allen fiel für mich die Phase, in der ich mich für einen der von Lew Friedland empfohlenen Paten entscheiden musste. Dies war rückblickend eine sehr lehrreiche und spannende Zeit, in der ich sehr viel zwischenmenschliche und geschäftliche Erfahrung sammelte. Zurück in Deutschland kontaktierte ich zuerst die Kollegen aus Klagenfurt, ein Dreigestirn, bestehend aus Georg Hochegger, Stefan Petschnig und Helge Lorenz. Diese waren in die Situation schon ansatzweise eingeweiht und kamen in den nachfolgenden Gesprächsrunden rasch zum Kern. Ihre Vorstellungen zielten darauf ab, ein Firmenkonstrukt für den Bereich Deutschland herzustellen, in dem ihre Agentur einen mindestens gleich starken Geschäftsanteil besitzen sollte. Dieser Ansatz war in meinen Augen aber zu einseitig, da ich selbst im Gegenzug keine Anteile oder gar eine gleichwertige Beteiligung an der Agentur der Österreicher bekommen sollte. Ich hatte mittlerweile zusätzlich zu meiner Hawaii-Reiseagentur eine zweite

Firma mit dem Namen XDREAM (großer Traum) gegründet. Diese Gründung sah ich als notwendig an, weil XDREAM sich rein auf die Tätigkeit und Organisation in Zusammenhang mit der zukünftigen IRONMAN-Veranstaltung konzentrieren sollte und dieses Geschäftsfeld nichts mit dem Reisegeschäft von Hawaii Holiday Service gemein hatte. Somit bestand bei Beginn meiner Verhandlungen mit den Kollegen aus Klagenfurt bereits die Agentur XDREAM, an der ich 100 Prozent der Geschäftsanteile hielt. Im Verlauf der Gespräche erwarteten die »Freunde aus Österreich«, so bezeichneten sie sich selbst, nun aber von mir, dass ich ihnen entweder einen hälftigen Anteil meiner Firma XDREAM überlasse oder aber eine hohe Summe für deren Patenschaft zahle. Beides war für mich schwer vorstellbar; und deshalb entschloss ich mich, auch mit den Veranstaltern des IRONMAN Schweiz Kontakt aufzunehmen, um auszuloten, ob dort Interesse an einer Zusammenarbeit besteht.

In Zürich traf ich die beiden Besitzer der Veranstaltungsagentur BK-Sportpromotion, Peter Boll und Martin Koller. Ihnen berichtete ich von meinen Plänen. Beide wollten mich sehr gern als Paten unterstützen, sich gleichzeitig aber auch hälftig an meiner Firma XDREAM beteiligen. Aber im Gegensatz zu den Kollegen aus Klagenfurt boten Boll und Koller mir einen hälftigen Anteil an deren eigener Agentur an. Dies war von Anfang an eine bessere und fairere Basis für mich und wir arbeiteten zusammen entsprechende Verträge aus. Als Folge tauschten beide Seiten jeweils 50 Prozent Anteile an ihren Firmen, und dieses so entstandene deutsch-schweizerische Firmenkonstrukt bestand dann auch knapp vier Jahre. 2005 erwarben beide Seiten ihre jeweiligen Anteile wieder voneinander zurück. Die Firma XDREAM gehörte mir wieder zu 100 Prozent und ich war ab diesem Zeitpunkt sozusagen »patenfrei«. Und es bleibt festzuhalten: Mit der damaligen Partnerschaft zu den schweizerischen Kollegen hatte ich erst die endgültige Grundlage dafür geschaffen, um die heiß ersehnten Lizenzverträge der WTC für Deutschland zu erhalten. Doch die Hürden, die ich überspringen musste, um meine Vision Wirklichkeit werden zu lassen, blieben hoch. Als Nächstes musste ich zwei der schwierigsten Herausforderungen lösen: Sponsoren gewinnen und die behördlichen Genehmigungen einholen. Ich brauchte unbedingt Kontakt zur Politik.

Wie ich die politischen Kontakte fand

Mir war schnell bewusst geworden, dass ich für ein Projekt, wie es der IRONMAN Germany in Frankfurt werden sollte, jede Menge Genehmigungen von politischer Seite und sehr viel Geld von Sponsoren benötigen würde. Ich sah beide Bereiche als die zunächst absolut wichtigsten meiner weiteren Arbeit an. Rückblickend weiß ich, dass diese Prioritäten richtig waren. Eines muss man ganz klar sagen: Politische Kontakte, verbunden mit einem stabilen Netzwerk sowie einem verlässlichen Pool von Sponsoren, sind unverzichtbar, soll eine Großveranstaltung dauerhaft Erfolg haben. Wenn man diese Prioritäten außer Acht lässt und sich zunächst zu sehr auf die Teilnehmerzahlen fixiert, wird man als Veranstalter keinen dauerhaften Erfolg in einer Randsportart wie Triathlon haben. Natürlich sind hohe Teilnehmerzahlen auch wichtig. Meine Erfahrungen haben aber gezeigt, dass nur mit der Absicherung durch Sponsorengelder ein finanzielles Polster entsteht, mit dem sich Schwächephasen sicher überbrücken lassen. Ein solches Polster wiederum erlaubt Investitionen in die qualitative Verbesserung eines Wettkampfes, und dieses Gütesiegel wiederum generiert dann auch langfristig hohe Teilnehmerzahlen durch Kundenzufriedenheit. Dieser Ansatz, dass Qualität vor Quantität geht, war von Beginn an meine Überzeugung und er hat auch letztendlich zum Erfolg geführt.

2001 machte ich mich also daran, die notwendigen politischen Kontakte aufzubauen. Ich war mir zunächst unsicher, wen ich wo zuerst ansprechen sollte. Bis zu diesem Zeitpunkt besaß ich keinerlei Kontakte oder Beziehungen zu Politikern. Aber ich nahm allen Mut zusammen, um diese Notwendigkeit anzugehen. Ich entschied mich dafür, direkt bei der Hessischen Landesregierung anzufragen, und besorgte mir die Telefonnummer der Staatskanzlei in Wiesbaden. Dieses erste Telefonat war dann eine der vielen wichtigen Erfahrungen, die ich in den folgenden Monaten machen sollte. Mein Anruf gelangte zunächst zu einer Sekretärin in der Staatskanzlei, und diese leitete mich weiter an Staatssekretär Dirk Metz, den Sprecher der Hessischen Landesregierung. Ich stellte mich ihm kurz vor und begann, mein Anliegen zu schildern: den IRONMAN Germany ab 2002 nach Frankfurt zu bringen. Hierzu würde ich sehr viele Genehmigungen von Behörden brauchen und auch Kontakte zur Wirtschaft. Fünf Minuten lang erklärte ich meine Gedanken und Pläne in Kurzfassung, wurde dabei von Metz nicht einmal unterbrochen und dachte plötzlich, dass er vielleicht zwischenzeitlich aufgelegt hätte. Unsicher geworden fragte ich nach, ob er noch Fragen habe.

Eine kurze Zeit war es still am anderen Ende der Leitung. Was sollte ich tun, wenn mein Gegenüber das Projekt ablehnte? Was, wenn der Staatssekretär Zweifel hegte? Schließlich antwortete Metz: »Das, was Sie mir gerade sehr eindrucksvoll geschildert haben, sehe ich als ein wirkliches Leuchtturmevent für die Stadt Frankfurt und das Land Hessen an. Insbesondere in dem Zusammenhang, dass gerade die nationale Bewerbung von Frankfurt als deutsche Olympiastadt für die Sommerspiele 2012 läuft.«

Ich war so glücklich über diese Worte und erleichtert, dass mein Mut belohnt worden war und ich gleich am Anfang schon eine so positive Antwort zu hören bekam. Ich fragte nach: »Was soll ich nun tun?«

Metz antwortete:»Sie bekommen in den nächsten Tagen vom Büro des Ministerpräsidenten einen Termin mitgeteilt, an dem Sie dem Ministerpräsidenten persönlich all das erzählen, was Sie mir gerade geschildert haben. Danach werden wir sehen, wie diese Sache zum gemeinsamen Erfolg gebracht werden kann.«

Ich war tief zufrieden. Wenn ich gekonnt hätte, wäre ich Dirk Metz durch das Telefon am liebsten um den Hals gefallen. Nie und nimmer hatte ich geglaubt, so schnell und mit so viel positiven Worten direkt an die entscheidenden Schaltstellen zu gelangen. Dieses erste Telefongespräch von damals war gleichzeitig der Beginn einer sich später entwickelnden Freundschaft zwischen Dirk Metz und mir. Sie besteht noch heute. Ich habe diesem Mann sehr viel zu verdanken. Nicht nur für das Vertrauen, das er in mich setzte, schließlich war ich damals ein absoluter Nobody. Auch seine vielen Ratschläge und Tipps, die er mir insbesondere im Bereich Medien- und Öffentlichkeitsarbeit gab, waren für mich außerordentlich wichtig. Ich hatte das Glück, in Metz einen absoluten Profi dieses Metiers als Vertrauten gewonnen zu haben, von dem ich sehr viel lernen durfte. Ohne einen gewieften Gestalter wäre vieles nicht so reibungslos möglich gewesen und ohne die kluge Unterstützung im Hintergrund durch Dirk Metz hätte sich der IRONMAN in Frankfurt nicht so erfolgreich entwickelt.

Nun wartete ich also auf das Gespräch beim damaligen hessischen Ministerpräsidenten Roland Koch. Dieses erfolgte knapp eine Woche nach meinem Telefongespräch mit Dirk Metz. Beim Betreten der Staatskanzlei waren meine Knie schon weich, denn ich war mir der Ehre, aber auch der Schwere der folgenden Gesprächsminuten bewusst. Koch bat mich, ihm kurz meine persönliche Vita zu schildern und meinen Plan vorzutragen, über den ihn Regierungssprecher Metz bereits informiert habe. Ich hatte für dieses Gespräch weder eine Power-point-Präsentation noch ein Manuskript bei mir, sondern nur das, was in meinem Kopf und Bauch vorhanden war: meine Vision und meinen Glauben an ihre Umsetzung. Für das Gespräch mit dem Ministerpräsidenten waren mir von dessen Büroleitung 30 Minuten eingeräumt worden. Ich war hoch motiviert, diese 30 Minuten zu nutzen. Ich erläuterte Koch ausführlich meinen Plan, die verschiedenen Abläufe und die angedachten Streckenführungen. Zusätzlich beschrieb ich ihm auch die Sportart Triathlon und was den IRONMAN dabei so speziell macht. Ich erzählte ihm auch von meinen Eindrücken auf Hawaii und warum ich als Nichttriathlet davon so begeistert sei. Er hörte mir sehr interessiert zu, stellte dabei auch immer wieder kurze, präzise Zwischenfragen, und zum Schluss waren aus den avisierten 30 Gesprächsminuten über 60 Minuten geworden! Mir war es anscheinend gelungen, einen Funken meiner Begeisterung auf ihn zu übertragen. Das Wort Begeisterung wähle ich hierbei bewusst, denn Ministerpräsident Koch hat in all den Jahren, in denen ich für den IRONMAN Germany in Frankfurt verantwortlich war, fast keinen Start des Wettkampfes verpasst. Das kommt durchaus einem Ritterschlag dieser Randsportart gleich, denn welcher andere Ministerpräsident hat irgendwo sonst sich jedes Jahr in aller Herrgottsfrühe um 6 Uhr die Zeit genommen und ist zum Schwimmstart des Wettkampfes erschienen? Das Übliche, was man als Veranstalter von hohen politischen Würdenträgern erlebt, ist die Überreichung der Siegerpokale. Das tun sie meistens aber eher in den gemütlichen Nachmittagsstunden.

Am Ende unseres Gesprächs in Wiesbaden sagte der Ministerpräsident dann zu mir:»Lieber Herr Denk, das Ganze, was Sie mir hier so ausführlich erzählt haben, berichten Sie bitte nächste Woche noch einmal, dann im Schloss Phillipsruh in Hanau. Dort habe ich eine Klausurtagung mit dem gesamten hessischen Kabinett. Der Minister für Inneres und Sport, Volker Bouffier, wird auch dabei sein, denn er ist sehr wichtig für Ihr Projekt und zuständig für sämtliche Genehmigungsverfahren zu den gewünschten Streckenführungen. Außerdem werde ich die Frankfurter Oberbürgermeisterin Petra Roth noch zu unserer Klausurtagung einladen. Sie ist ebenso wichtig für das gute Gelingen wie der Innenminister.«

Eine Woche später stand ich dann in dem prächtigen Schloss dem gesamten hessischen Kabinett und der Frankfurter Oberbürgermeisterin Rede und Antwort. An meiner Seite saß der Präsident der WTC, Lew Friedland. Er war extra zu diesem Treffen aus den Vereinigten Staaten angereist. Ich hatte Friedland telefonisch über meine Kontaktaufnahme mit der Landesregierung und dem bevorstehenden Treffen mit dem Ministerpräsidenten sowie allen Ministern und der Frankfurter Oberbürgermeisterin informiert.

Das Ambiente dieses imposanten Schlosses sowie die Tatsache, dass sich ein Ministerpräsident mit all seinen Ministern Zeit für IRONMAN nimmt, hinterließen beim Amerikaner einen bleibenden Eindruck. Im Gespräch mit Ministerpräsident Koch meinte Friedland, dass nur der Präsident der Vereinigten Staaten von Amerika in solch einem prächtigen Sitz residiere. Auch der Einwand, dass es ja nur eine Klausurtagung sei, welche die Landesregierung in dieses Schloss geführt habe, ließ Friedland nicht gelten. Er ließ seiner Begeisterung freien Lauf und meinte zum Abschluss des Smalltalks, dass es einfach unglaublich sei, in welch wunderschönen Palästen eine deutsche Landesregierung ihren Wochenendsitz habe. So viel zum eher heiteren Teil am Anfang unseres Treffens.

Der Ministerpräsident bat mich nun, meine Vorstellungen darzulegen. Ich möge bitte meine Erwartungen an die Landesregierung und die Stadt Frankfurt äußern und sagen, was von politischer Seite getan werden könne, um das Gelingen der Veranstaltung sicherzustellen.

Ich schilderte sehr detailliert meinen Plan und hob besonders hervor, dass es für die Streckenführung des Radrennens absolut notwendig sei, eine Vollsperrung der betroffenen Straßen für rund sechs bis acht Stunden zu gewährleisten.

Hierzu meldete sich Volker Bouffier zu Wort. Der heutige Ministerpräsident Hessens war damals als Minister für Inneres und Sport für solche Veranstaltungen zuständig. Er betonte, dass von seinem Ministerium jedwede Unterstützung für diese neue Veranstaltung zu erwarten sei. Er verwies darauf, dass sich die Stadt Frankfurt im nationalen Bewerberkreis als Ausrichter der Olympischen Sommerspiele 2012 befinde und dass sowohl der Stadt als auch dem Land Hessen eine bekannte internationale Sportveranstaltung gut zu Gesicht stünden. Allerdings hob er warnend den Finger: Die von mir gewünschte Vollsperrung der Radstrecke stelle noch eine schwer zu knackende Nuss dar.

Die Frankfurter Oberbürgermeisterin Petra Roth ergriff als Nächste das Wort und schloss sich den Ausführungen des Innenministers an. Ganz charmant ergänzte sie noch, dass von nun an eine große Verantwortung für das Gelingen der Premiere auf mir liege. Die Oberbürgermeisterin plagten jedoch auch Zweifel an der Machbarkeit der Veranstaltung. Es bedurfte der ganzen Überzeugungsarbeit von Roland Koch und Volker Bouffier, um Petra Roth von den Chancen des IRONMAN zu überzeugen. Erst ein Spaziergang des Trios im Park von Schloss Phillipsruh räumte bei ihr die letzten Zweifel aus. Zurück im Tagungsraum gab Roth mir anschließend noch eine Extraportion Motivation mit auf den Weg: »Das Bewerbungsimage der Stadt werde bei einem Misserfolg sicher leiden.« Sie beendete ihre Ansprache an mich mit einem energischen Appell: »Alle Augen werden auf Sie blicken und diese

Erstveranstaltung muss gleich ein Volltreffer werden. Strengen Sie sich deshalb bitte an, Herr Denk!«

Mir war nach diesen Ausführungen schlagartig klar, dass ich im Sog der Olympiabewerbung nun zwar die Chance eines perfekten Momentums in Händen hielt, gleichzeitig aber auch eine enorme Last und Verantwortung auf meinen Schultern lastete: Es gab nur einen Schuss – und der musste perfekt sitzen.

Der Gedanke an diese große Verantwortung weit über den eigentlichen IRONMAN-Wettkampf hinaus begleitete mich fortan bis zum 18. August 2002. Es war diese Bürde der Verantwortung, die im ersten Jahr mein Finanzgebahren prägte. Mir war bewusst, dass für Frankfurt von Anfang an eine Premiumversion notwendig war und ich deshalb nicht auf der Sparbremse stehen durfte. Rückblickend muss ich feststellen, dass dieses Paket voller Verantwortung, das mir seinerzeit beim Treffen in Schloss Phillipsruh auf die Schultern gepackt wurde, niemals zu einer negativen Belastung wurde. Es war für mich positive Motivation, es trieb mich voran.

Als nächsten Schritt innerhalb des politischen Umfelds suchte ich alsbald den Kontakt zu den Bürgermeistern und Landräten der Kommunen und Landkreise, die außerhalb des Frankfurter Einzugsbereichs lagen. Hierfür hatte mir Innenminister Volker Bouffier die notwendigen Türen geöffnet. Türen, an die ich wohl ohne die Hilfe des Ministers vergeblich geklopft hätte. Die von mir eindringlich geforderten Straßensperrungen wurden letztendlich genehmigt, und auch hier waren es Bouffier und seine engsten Mitarbeiter, die immer wieder für die entscheidende Unterstützung sorgten. Diese Unterstützung und meine Hartnäckigkeit schalteten dann auch Widerstandsnester einiger Bedenkenträger in den Amtsstuben aus.

Wie Sponsoren und Medienpartner generiert wurden

Bei meinem Bemühen, Sponsoren zu finden, hörte ich im Anfangsjahr eine Frage am häufigsten:»Herr Denk, was haben Sie denn bisher in diesem Bereich gemacht und welche Erfahrungen haben Sie?«Auf meine Antwort, dass ich früher Zeitungen gedruckt und später ein Reiseunternehmen für spezielle Hawaii-Trips erfolgreich aufgebaut habe, erhielt ich meistens die höflich verpackte Ablehnung:»Bitte kommen Sie doch im nächsten Jahr wieder auf uns zu, denn unser Sponsoring-Budget ist leider schon vergeben.«Einige Entscheidungsträger in den von mir angesprochenen Unternehmen schauten mich auch ungläubig an, als ich ihnen mein IRONMAN-Germany-Projekt schilderte. Hier bekam ich dann Antworten zu hören, wie:»Nun ja, Herr Denk, da haben Sie sich ja ein richtiges Risikoprojekt ausgedacht. Hoffentlich können Sie das alles umsetzen.«

Ich ließ mich aber nicht entmutigen, sondern ich machte weiter mit meiner Klinkenputzertour durch die Büros der von mir ausgesuchten Firmen. Einige dieser Gespräche verliefen auch erfolgreich und ich konnte trotz meines Nobody-Images diverse Sponsoren für die Premierenveranstaltung gewinnen. Ein richtig dicker Fisch aber – und damit meine ich einen potenten Titelsponsor, der bereit war, zwischen 600 000 und 700 000 Euro pro Jahr zu zahlen – wollte mir einfach nicht an die Angel gehen. Ich erinnerte mich in diesem Zusammenhang an ein Angebot von Ministerpräsident Roland Koch, das er mir in unseren Gesprächen unterbreitet hatte. Sein Büro könne Hilfestellung bei Kontakten zur Wirtschaft leisten. Nun wollte ich versuchen, diese Hilfestellung in Anspruch zu nehmen.

Ich kontaktierte den Ministerpräsidenten und erklärte ihm die Hindernisse bei meiner Sponsorensuche, insbesondere die

Not, einen Titelsponsor zu finden. Er erkannte mein Problem und sagte mir zu, etwas zu unternehmen. Einige Tage danach rief mich Kochs damaliger Büroleiter an. Helmut Müller, der bis Juni 2013 als Oberbürgermeister die hessische Landeshauptstadt Wiesbaden regierte, teilte mir mit, dass die Staatskanzlei für mich einen Gesprächstermin in der Vorstandsetage der Deutschen Bank vereinbart habe. Dort möge ich bitte meine Wünsche in Bezug auf ein Titelsponsoring vortragen.

Das klang gut in meinen Ohren. Was hätte mir Besseres passieren können, als eine der ersten Adressen der deutschen Wirtschaft gleich am Anfang als Titelsponsor zu präsentieren? Als ich dann beim Termin in den Chefetagen der Deutschen Bank mit Marketingvorstand Ottmar Kayser und dem Sponsoringbeauftragten des Unternehmens, Hans-Michael Hölz, meine Wünsche vortrug, hörte ich nicht das bei gleicher Gelegenheit an anderer Stelle mir so oft vorgetragene Mantra: »Was haben Sie bisher gemacht? Haben Sie mit so etwas Erfahrung?« In den gläsernen Zwillingstürmen gegenüber der Alten Oper in Frankfurt vernahm ich von Hölz stattdessen Interesse an den Schilderungen meiner Tätigkeit als Hawaii-Reiseveranstalter. Auch er sei schon auf Hawaii gewesen und habe dort wunderbare Golfplätze angetroffen. Als ich das hörte, erlebte ich ein inneres Hochgefühl und dachte mir: Jetzt und hier kann ich bestimmt punkten. Golf spielte ich zu diesem Zeitpunkt schon einige Jahre und kannte fast jeden Golfplatz auf den Hawaii-Inseln. Wir unterhielten uns dann auch in der Golfersprache ausführlich über diverse Plätze auf den Hawaii-Inseln. In Gedanken sah ich schon den ersehnten dicken Fisch an meiner Sponsorenangel anbeißen. Meinem Hochgefühl folgte aber brutale Ernüchterung. Am Ende unseres schönen Gedankenaustausches über die wunderbaren Golfplätze auf Hawaii wurde Hölz konkret in Bezug auf ein mögliches Sponsoring-Engagement der Deutschen Bank: »Wissen Sie,

Herr Denk, wir als Deutsche Bank haben eigentlich gar kein Geld. Und wenn wir welches haben, unterstützen wir vornehmlich kulturelle Projekte oder Golf. In Ihrem Fall werden wir eine kleine Ausnahme machen; das aber auch nur, weil uns die Landesregierung Ihr Projekt so empfohlen hat.« Ich wusste nicht, ob ich lachen sollte. Was hatte ich da gerade gehört? Wir haben eigentlich kein Geld! Wenn schon die Deutsche Bank kein Geld hat, wer hat denn dann überhaupt noch welches? Ich verkniff mir aber das Lachen, auch angesichts des respektablen Umfelds des mit Mahagoniholz ausgestatteten Raums, in dem dieses Gespräch stattfand. Stattdessen fragte ich bloß: »Auf welchen Betrag darf ich denn hoffen?«

Kayser sagte, dass die Bank bereit sei, für das Titelsponsoring einmalig 100 000 Euro zu investieren und diese Summe die absolute Schmerzgrenze darstelle.

Ich war mir im Klaren darüber, dass dieser Betrag für das Titelsponsoring eines Events wie dem IRONMAN in Frankfurt zum Leben zu wenig und zum Sterben zu viel sein würde. Als Mister Nobody aus dem Niemandsland war mir aber auch klar, dass ich hier, an einem der wichtigsten Schalthebel der deutschen Wirtschaft, das Angebot weder hätte ablehnen dürfen noch höhere Forderungen stellen können. Jedenfalls nicht nach diesem Vortrag, den ich gerade gehört hatte. Also stimmte ich zu. Ich hatte somit einen Titelsponsor gefunden, wenn auch mit einer Summe, die um 500 000 bis 600 000 Euro unter dem von mir für das Titelsponsoring veranschlagten Betrag lag.

Es war aber, wenn auch weit unter der notwendigen finanziellen Hausnummer, ein enorm wichtiger Schritt, den ich gemacht hatte. Der Name der Deutschen Bank als Titelsponsor einer Premierenveranstaltung einer Randsportart war als Imagewert gar nicht hoch genug zu bewerten. Dieser Trumpf half mir in der Folge, weitere Unternehmen wie die Fraport AG, die Hessische Landesbank oder die Messe Frankfurt als Sponsor zu gewinnen.

Ein für die Zukunft ganz entscheidender Schritt war eine Medienpartnerschaft. Ich vereinbarte einen Werbevertrag mit dem Hessischen Rundfunk. Der Kontrakt bezog sich einerseits auf das Hessen Fernsehen, andererseits auf die populäre Hörfunkwelle hr3. Dieser Vertrag sicherte über einen langen Zeitraum vor dem Rennen viele kostenlose Werbetrailer und im Gegenzug gewährte er der Radiowelle und dem Hessen Fernsehen neben der Berichterstattung einen exklusiven Werbeauftritt innerhalb des IRONMAN-Events. Mir war schon früh bewusst, dass ohne allseits sichtbares und hörbares Trommeln, sprich Werben, die so eminent wichtige Öffentlichkeit nicht erreicht werden kann. Deshalb bildeten meine Verträge mit Radio und Fernsehen zwei der wichtigsten Bausteine für das entstehende Veranstaltungshaus namens IRONMAN Germany. Mit Öffentlichkeit meine ich hierbei nicht die Kenner der Triathlonszene. Diese sind, wenn man mit Weitblick erfolgreich sein will, schlicht und einfach eine zu geringe Menge, um in der Wirtschaft größere Beträge an Geld für diesen Sport zu generieren. Die Aufmerksamkeit der Wirtschaft und somit von eventuellen Sponsoren erreicht man nur, wenn man von Anfang an bereit ist, viel Geld in Medienpräsenz und Werbung zu investieren. Mit der dadurch erreichten Verbreitung der Inhalte in breitere Bevölkerungsschichten hinein gelingt es leichter, das Interesse von Investoren zu gewinnen, insbesondere für Randsportarten, wie es Triathlon immer noch ist. Eine solche Handlungsweise erhöht natürlich das unternehmerische Risiko. Meine Überzeugung von damals und heute findet sich sehr treffend in einem Satz der Französischen Revolution wieder: »Wirb oder stirb.« Und aus eigener Erfahrung beim Positionieren einer neuen Marke füge ich an: »Wirb massiv, nicht passiv.«

Die Übereinkunft mit der Pop- und Servicewelle hr3 war – neben der wichtigen Live-Übertragung des Rennens im Hessen Fernsehen – nach meiner Überzeugung ein noch größerer Garant für die breite Wahrnehmung in der Öffentlichkeit als die TV-Verträge. Erstens, weil Menschen unglaublich viel Radio hören, da sie viel mit dem Auto unterwegs sind und sie somit die Werbebotschaft in ihrem Inneren abspeichern können, selbst wenn sie im Stau stehen. Zweitens, weil mir eine Vereinbarung mit hr3 gelang, die uns über viele Wochen eine hohe Zahl an Trailern im Radio garantierte, sogar täglich mehrmals. Unsere Werbebotschaften über diesen großen Sendebereich zu verbreiten, brachte damals tatsächlich den Durchbruch. Außerdem erreichte ich in den Verhandlungen, dass es uns erlaubt war, in diesen Trailern den Titelsponsor zu benennen. Diese Namensnennung war enorm wichtig. Dieser Fakt wurde zum Schlüssel für zukünftige große Sponsorenabschlüsse. Es war damals eine Entscheidung, die meine Firma zunächst Geld kostete; in der Folge aber hat sich die massive Investition in die Werbung mehr als ausgezahlt. Von ihr profitieren meine Nachfolger bei den Veranstaltungen in Frankfurt und auch Wiesbaden noch heute.

Ich hatte nun das Fundament in den Bereichen Politik, Sponsoring und Werbung gelegt, sozusagen die Außenwerbung für mein Projekt vorangetrieben. Nun bestand die nächste Aufgabe darin, Innenwerbung zu betreiben. Will sagen: Ich musste Mitarbeiter gewinnen und sie für das Projekt IRONMAN Germany in Frankfurt begeistern.

Wie ich mein Team fand und aufbaute

Neben dem Bewerben der breiten Öffentlichkeit mithilfe von Medienpartnern ist es unerlässlich, permanent Werbung in Vereinen und Institutionen zu betreiben. Dieser Bereich verlangt Geduld und Ausdauer sowie Authentizität und regelmäßige Präsenz. Insbesondere dann, wenn man mit seiner Botschaft andere begeistern und zur Mitarbeit für eine neue Sache gewinnen möchte. Da reicht es keinesfalls aus, einen Kontakt nur herzustellen und ihn dann in der Folge unregelmäßig zu pflegen. Die ständige Kontaktpflege, auch in den vermeintlich kleinen Bereichen, bedeutet in der Tat eine wahre Kärnerarbeit, und ich war mir von Anfang an bewusst, dass meine Vision nur dann Früchte tragen würde, wenn es mir gelänge, genügend Menschen für mein Projekt zu begeistern.

So zog ich dann als eine Art moderner Missionar 2001 und 2002 kreuz und quer durch eine Vielzahl von Vereinsheimen im Rhein-Main-Gebiet und verkündete meine Botschaft. Ich sprach bei dieser persönlichen Werbetour sowohl vor vier als auch 200 Zuhörern. Mir gelang es dabei, viele Menschen mit meiner Begeisterung anzustecken und ihr Interesse an einer Mitarbeit zu gewinnen. Am Ende hatte ich auf diese Art fast 4000 Enthusiasten gefunden, die als freiwillige Helfer für den IRONMAN Germany tätig wurden. Diese Menschen waren als Garant für den späteren Erfolg genauso wichtig wie die Gewinnung von potenten Sponsoren. Rückblickend empfinde ich eine große Dankbarkeit für all das, was ich beim Weitertragen meiner Idee erleben und lernen durfte – unabhängig davon, ob es sich um Auftritte vor Geflügelzüchtervereinen, Kegelclubs oder vor Feuerwehrleuten handelte oder ob ich bei Ministerpräsidenten und Oberbürgermeistern für mein Projekt warb. Ich hatte am Ende erreicht, dass meine Vision sich verbreitet hatte und dass die Menschen ein Gesicht mit der Idee in Verbindung brachten. Dieser Fakt ist nicht zu unterschätzen, denn das Gesicht zum jeweiligen Projekt ist das, worauf sich Menschen fokussieren, egal, ob sie sich für ein Projekt begeistern oder ihm kritisch gegenüberstehen. Einer Sache sein Gesicht verleihen, darin liegt eine wichtige Symbolik. Leider wird sie allzu oft unterschätzt. Gerade in der Gegenwart.

Das Gesicht allein kann aber nicht handeln. Daher machte ich mich daran, den Kern des inneren Organisationsteams zu suchen. Die Mannschaft, die wir brauchten, sollte sich zusammen mit mir um die gesamte Organisation des Wettkampfs kümmern. An erster Stelle stand hier natürlich von Anfang an meine Frau Ines. Ohne sie hätte ich die vielen mutigen Schritte nie gehen und ohne ihren bedingungslosen Rückhalt hätte ich all meine Gedanken niemals so erfolgreich umsetzen können. Meine Frau war vom ersten bis zum letzten Tag der ruhende Pol und die Seele der Firma XDREAM. Die ersten beiden Bekannten aus der Triathlonszene, die ich damals in das Projekt einweihte und um Rat bat, waren der Allgemeinmediziner Klaus Pöttgen, der später Rennarzt des IRONMAN Germany wurde, sowie Georg Dombrowski, der für meine Reisefirma schon viele Jahre als Betreuer unserer Triathlonkunden in Hawaii tätig war. Beide zählten auch zu den wenigen Szeneexperten, die das Projekt von Anfang an für gut hielten und an seine Realisierung glaubten. Pöttgen wies mich eines Tages auf den Bundeswehrstandort Schöneck bei Frankfurt hin. Der Mediziner pflegte noch berufliche Kontakte zu dem Standort, da einige seiner Freunde aus seiner früheren Bundeswehrtätigkeit dort stationiert waren. In langen Gesprächen gelangten Klaus Pöttgen und ich zu der Überzeugung, dass sich für die Zusammensetzung des inneren Kreises bestimmt erfahrene Logistiker im Bundeswehrstandort Schöneck finden ließen. Außerdem erfuhr ich, dass der Standort demnächst geschlossen werden sollte.

Pöttgen und ich besuchten daher umgehend den dortigen Standortkommandanten, Manfred Kalupke. Wir erklärten ihm, was wir vorhatten und dass für das Projekt IRONMAN Germany noch ein komplettes Logistikteam aufzustellen sei. Diese Truppe werde dann die wichtigsten Organisationsbereiche innerhalb der Veranstaltung leiten. Kommandant Kalupke war von der Idee sehr angetan und versprach, uns zu unterstützen. Er bat uns, einen bestimmten jungen Offizier aus seiner Mannschaft anzusprechen. Dieser habe mit Sicherheit sehr großes Interesse an solch einem Projekt und würde bestimmt weitere interessierte Soldaten kennen, die für das Gesuchte tauglich seien.

So ergab es sich dann, dass ich kurz darauf den vom Kommandanten empfohlenen Offizier kennenlernte. Dieses Zusammentreffen in einer kleinen Baracke auf dem Kasernengelände in Schöneck bei Frankfurt sollte für die kommenden Jahre vieles positiv beeinflussen. Der Name des Offiziers war Kai Walter. Einige Jahre später ernannte ich ihn zum Renndirektor des IRONMAN Germany. Weitere Jahre später nahm ich ihn als Juniorpartner in meine Firma XDREAM auf und übertrug ihm in Folge 20 Prozent meiner Firmenanteile. Damals aber, beim ersten Zusammentreffen mit Walter in dessen Dienststube, war dies alles noch nicht ansatzweise abzusehen. Walter war sehr glücklich, dass Pöttgen und ich ihn ins Team einbinden wollten, und er nannte uns weitere Soldaten seiner Einheit, die sich für die geforderten Aufgaben ebenfalls eigneten. So kam es dann, dass Kai Walter als Logistikchef unseres Material- und Verpflegungslagers anheuerte und acht bis zehn weitere ehemalige Soldaten aus Schöneck in anderen Abteilungen von XDREAM ihre Arbeit aufnahmen. Die Schließung des Bundeswehrstandorts Schöneck half mir beim Aufbau der inneren Organisation enorm. Die ehemaligen Soldaten waren ihrerseits zufrieden, für die Zeit nach dem Ausscheiden aus dem Militärdienst einen Arbeitsplatz gefunden zu haben. Auch der damalige Standortkommandant Kalupke war übrigens später in unserer Organisation tätig, in der Presseabteilung.

In den beiden ersten Jahren des IRONMAN Germany war der Schweizer Martin Koller als Renndirektor tätig. Koller war durch Partnerschaft zwischen seiner eigenen Veranstaltungsagentur BK-Sportpromotion und meiner Firma XDREAM in vielerlei Hinsicht ein Geburtshelfer für den

IRONMAN Germany. Koller verfügte über einen fundierten Erfahrungsschatz, da er in gleicher Funktion Verantwortung beim IRONMAN Schweiz trug. In der heißen Phase der Wettkampfvorbereitungen weilte Koller fast täglich bei uns im Maintaler Büro und schulte viele unserer späteren Ressortleiter und Abteilungschefs. Der Schweizer war zum damaligen Zeitpunkt der richtige Mann am richtigen Platz, betraut mit der richtigen Aufgabe.

Mir gelang es, bis zum Winter 2001/2002 die personelle Besetzung des inneren Teams abzuschließen. Neben dem Renndirektor bestand es aus 20 Ressortleitern und einem guten Dutzend Abteilungschefs und Stellvertretern. Diese waren in Teilzeit bei XDREAM beschäftigt. Den administrativen Bereich bei XDREAM führte meine Frau mit drei bis vier fest angestellten Mitarbeitern. Uns alle verband damals eine gemeinsame Sache: Wir waren ein verschworener Haufen von Idealisten, die sich zum größten Teil vorher noch nie begegnet waren und die noch nie vorher in ihrem Leben einen IRON-MAN-Wettkampf organisiert hatten. Wir wussten, dass einige Veranstalterkollegen uns die Pest ans Bein wünschten und nur wenige unserem Vorhaben eine Chance gaben. Aber wir scherten uns nicht darum, dass man uns unterschätzte, denn wir glaubten an uns und das Gelingen unserer Mission. Unabhängig davon, wie wild wir manchmal bis tief in die Nacht diskutierten, dieses erste Team war eines der vielen wunderbaren Erlebnisse, die ich bei der Umsetzung meiner Vision erlebt habe. Wenn ich zurückblicke, sehe ich das als ein großes Geschenk des Lebens an.

In den Folgejahren veränderte sich das Team, einige schieden aus und neue Gesichter kamen Jahr für Jahr hinzu. Manchem musste ich auch sagen, dass er besser an anderer Stelle der Organisation passte, aber dieses allererste Kernteam war eine wunderbar verschworene Truppe. Sie hatte komplett für das

Projekt IRONMAN Germany Feuer gefangen. Wir fieberten alle gemeinsam unserer großen Bewährungsprobe entgegen, dem ersten IRONMAN Germany in Frankfurt am Main. Am 18. August 2002 war es so weit.

Wie es beim ersten Mal war

In den letzten Wochen vor dem 18. August 2002 hatte ich oft das Gefühl, in einem Strudel gefangen zu sein, der sich immer schneller drehte und immer neue Herausforderungen und zu umschiffende Klippen produzierte. Meine Arbeitsweise erinnerte mich ein wenig an den Tellerdreher im Zirkus, der sicherstellen muss, dass keiner der sich drehenden Teller vom Stab fällt und er rechtzeitig alle rotierenden Teller immer wieder in Schwung setzt. Doch trotz aller Unwägbarkeiten meisterte das Team gemeinsam irgendwie selbst die unvorhersehbarsten Hindernisse.

Der 18. August begann für mich um zwei Uhr morgens. Nach dem Aufstehen fuhr ich zum Langener Waldsee. Jungfräulich ruhte das Wasser in der Dunkelheit. Am Ufer angekommen traf ich all die Mitarbeiter des Teams und die freiwilligen Helfer, die bereits am See übernachtet hatten. Uns allen stand eine Mischung von nervöser Spannung, aber auch Vorfreude ins Gesicht geschrieben. Ab kurz vor fünf kamen dann die ersten Triathleten. Ihr Zustrom verstärkte sich im Viertelstundentakt durch die eingesetzten Zubringerbusse, welche die Starter aus der Frankfurter Innenstadt hinaus zum Langener Waldsee fuhren. Das Gelände um den See bevölkerten bald auch mehr und mehr Zuschauer. Über mein Ohrtelefon hörte ich Meldungen der Polizei, wonach sich geschätzte 10 000 bis 12 000 Besucher am Uferbereich eingefunden hätten und fast sämtliche Zufahrten zu den Parkplätzen bereits gesperrt seien. Zudem erhielt ich die Mitteilung, dass viele Teilnehmer, die mit dem eigenen Auto zum See anreisten, noch im Anreisestau steckten, auch zwei VIP-Busse mit Pressevertretern nicht mehr weiterkämen. Die Journalisten hätten die Busse verlassen und machten sich nun durch das umliegende Waldgelände zu Fuß auf den Weg zum See.

In all diese weniger frohen Botschaften platzte der hessische Ministerpräsident samt Personenschutz. Plötzlich stand Roland Koch vor mir und begrüßte mich herzlich. »Na, Herr Denk, ist alles im Lot?«, wollte er wissen.

Na ja, dachte ich mir, die Staumeldungen noch im Ohr, die ganze Wahrheit muss ich ihm ja jetzt nicht sagen, schließlich machen Politiker das auch nicht immer. Ich antwortete ihm deshalb diplomatisch: »Wir liegen im Plan.«

Wir machten uns auf zu einem kleinen Rundgang über das Gelände am Seeufer, und der Ministerpräsident positionierte sich danach an der Stelle, an der er später den Startschuss abgeben würde.

Mittlerweile bekam ich auch noch die Meldung von Renndirektor Martin Koller, dass der Start wegen der fehlenden und im Stau festhängenden Athleten verschoben werden müsse und nicht um sieben Uhr erfolgen könne. Äußerlich blieb ich ruhig trotz dieser Hiobsbotschaften, innerlich erlebte ich eine Achterbahnfahrt der Gefühle. In meinem Kopf schwirrten all die Erwartungen herum, die viele Menschen in mich und in dieses Event gesetzt hatten. Sie vertrauten darauf, dass der IRONMAN Germany ein Aushängeschild für die Region werden würde.

Um sieben Minuten nach sieben gab mir Koller endlich die erlösende Mitteilung, dass sich alle Athleten im Startbereich des Schwimmens befänden. Kurz darauf schickte der hessische Ministerpräsident die Teilnehmer am ersten IRONMAN Germany mit einem Startschuss auf die Strecke. Die längsten sieben Minuten Wartezeit in meinem Leben hatten ein Ende.

Alles, was nun ablief, mutete an wie ein wunderbarer Film. Die Sonne warf ihre Strahlen auf den See und ließ das von fast 2000 Triathleten aufgewühlte Wasser schimmern und glitzern. Wundervoll! Ich blickte zum wolkenlosen Morgenhimmel und dachte in diesem Moment an meine Eltern, die viele Jahre vorher verstorben waren. Still blickte ich tief in mich hinein und sagte Danke. Dieser Augenblick am 18. August 2002 ist in mir fest eingebrannt wie eine wunderschöne und unauflösliche Seelentätowierung und in der Wertigkeit nur mit der Geburt meines Sohnes vergleichbar.

Der Wettkampf verlief ab diesem Moment reibungslos. Es klappten Dinge, die wir vorher ein Dutzend Mal geprobt und ausprobiert hatten, uns aber trotzdem bis zum Schluss zweifeln ließen, ob sie auch unter dem Druck eines solchen Wettkampfs gelingen. Natürlich passierten im Hintergrund auch einige Überraschungen. Die blieben von Athleten und Zuschauern aber unbemerkt. Es unterliefen uns kleine Pannen, von denen wir vorher nicht ansatzweise geglaubt hatten, dass sie jemals passieren könnten. Hier und da hatten wir Besen, Trinkwasser und Verpflegung an den falschen Stellen positioniert. Dann half sogar mal die Polizei, ein paar Steigen Bananen vom Schwimmen zur Radstrecke zu bringen, um die Athleten zu versorgen.

Weitaus unangenehmer waren die Vorfälle von Bad Vilbel. Dort hatten Unbekannte an Teilen der Radstrecke Nägel ausgestreut. Glücklicherweise entdeckte ein Zuschauer diesen Sabotageversuch und informierte die Rennleitung. Die schickte eine der zehn Motorradstaffeln, die für Sondereinsätze an der Strecke postiert waren, zum Einsatzort. Mit Besen und Schaufeln kehrten sie die Nägel von der Strecke. Nach dem Rennen haben wir uns noch lange Gedanken über die Urheber dieser unsinnigen Aktion gemacht: War es ein Anlieger, dem das

Rennen seinen Sonntagsspaziergang mit dem Hund verwehrte? Oder waren es Fans einer Konkurrenzveranstaltung, die ihrer Ablehnung gegenüber dem IRONMAN auf diese gefährliche Art und Weise Ausdruck verleihen wollten? Richtig geklärt wurde das nie. Aber eine solche Attacke auf das Rennen sollte auch nie mehr wieder vorkommen.

Alles in allem fanden wir für sämtliche Probleme der Premierenveranstaltung eine Lösung. Als unser strahlendster Verbündeter erwies sich die Sonne. Das mag banal klingen, aber das schöne Wetter war eine wichtige Rahmenbedingung des IRONMAN, die wir verständlicherweise nicht planen konnten. Bei Sonnenschein sind die Menschen positiver gestimmt, verzeihen auftretende Störungen leichter oder bemerken sie nicht einmal.

Die Tribünen auf dem Römerberg waren prall gefüllt. Auf diesem ehrwürdigen Gelände tobte vor der historischen Kulisse eine rauschende Sportparty. Die Stimmung hätte besser nicht sein können. Bis spät in den Abend hinein feierten Fans, Familien und Freunde des Triathlons die Athleten, die zu fetzigen Beats ins Ziel liefen. So hatte ich es mir in meiner Vision vorgestellt, und so ist es auch gekommen.

Die ersten Sieger waren Katja Schumacher aus Heidelberg und Lothar Leder aus Darmstadt, zwei Sportler, die ich Jahre später jeweils in leider unangenehmeren Situationen erleben musste als an diesem nahezu perfekten Wettkampftag des ersten IRONMAN Germany am 18. August 2002.

WTC-Präsident Lew Friedland, der aus Florida angereist war, konnte seine Begeisterung kaum in Worte fassen: »Kurt, du hast einen großartigen Job gemacht«, frohlockte er. Die anwesenden Spitzenpolitiker des Landes und der Stadt Frankfurt gratulierten mir überschwenglich und waren voll des Lobes über den Ablauf dieses Tages. Unser gesamtes Team war zwar abends total müde und kaputt, aber ich sah alle Augen leuchten. Stolz und Zufriedenheit sprach aus den Gesichtern meiner Mannschaft. Zusammen hatten wir etwas geschafft, was in dieser Art und Konstellation – mitten im Herzen einer Großstadt – so noch niemals zuvor im Triathlon gewagt und umgesetzt worden war.

Am übernächsten Tag fand ich zum ersten Mal seit Tagen wieder richtigen Schlaf. 14 Stunden am Stück schlief ich durch. Die Tage zuvor war so viel Adrenalin durch meinen Körper geschossen, dass es mir unmöglich gewesen war, länger als zwei bis drei Stunden am Stück zur Ruhe zu kommen. Tagelang war ich bis in die Haarspitzen konzentriert, und als endlich die gesamte Anspannung von mir abfiel, versank ich in ein gewaltiges Schlafloch. Ein wenig Stille, die bald von den nächsten Turbulenzen vertrieben werden sollte.

Wie es nach dem ersten Mal war

Kurz nach dem erfolgreichen ersten IRONMAN Germany begann für mich eine Phase der Achterbahnfahrt der Gefühle. Eine Zeit, die zunächst geprägt war von Glücksgefühlen und der Zufriedenheit über das Erreichte. In mir schlugen die Endorphine Purzelbäume vor guter Laune. Lob und Glückwünsche prasselten in einem nicht enden wollenden Strom auf mich nieder. Mir selbst fiel nach der gelungenen Premiere ein Riesenstein vom Herzen, denn mir war bewusst, insbesondere bei meinen Investitionsentscheidungen im Vorfeld dieser Erstveranstaltung, dass ein Misslingen der Frankfurter IRONMAN-Ouvertüre einen äußerst negativen Einfluss auf das Image der Stadt Frankfurt und ihre Olympiabewerbung ausgeübt hätte. Wäre ich gescheitert und hätte der Event nicht die hohe gesellschaftliche und politische Erwartungshaltung erfüllt, man hätte mich wohl unangespitzt in den Boden gerammt. Rückblickend würde ich mich nun als mehr als nur mutig bezeichnen. Ich war mir bewusst, dass es vor dem Hintergrund der Frankfurter Olympiabewerbung in allen Bereichen nur das Beste vom Besten sein durfte, was wir der gespannten Öffentlichkeit präsentierten. Wir mussten die besagte Eins-a-Version abliefern, denn Zwei-a wäre vor diesem Hintergrund schon zu wenig gewesen. Diesen Kontext muss man berücksichtigen, wenn man nachvollziehen möchte, was ich erlebt habe. Dann versteht man, warum ich die drastische Formulierung wählte: dem Teufel tief ins Maul geschaut. Das Event in Frankfurt verursachte in seinem ersten Jahr Gesamtausgaben von etwas über 2,4 Millionen Euro. In den Folgejahren reduzierte sich dieser Betrag auf circa 2,2 Millionen. Auch deshalb, weil ich sehr schnell gelernt hatte, aus den teuren Erfahrungen des ersten Jahres die richtigen Rückschlüsse zu ziehen. Handwerker hatten uns im ersten Jahr oft höhere Preise für ihre Arbeit abverlangt. Für den Aufbau der Tribünen, Beschallung und Absperrungen mussten wir mehr bezahlen als in den folgenden Jahren. Durch den Zeit- und Erwartungsdruck des ersten Jahres war es nahezu unmöglich gewesen, bei den Handwerkern Preise nachzuverhandeln. In den Folgejahren war dies selbstverständlich und entlastete entsprechend unser Ausgabenbudget.

Den Kosten von 2,4 Millionen Euro standen bei der Premiere am Ende aber lediglich Einnahmen von nur 1,6 Millionen gegenüber. Der Grund war klar: Das Titelsponsoring hatte einen zu geringen Deckungsbeitrag geleistet, andere Sponsoren hatten sich bei der Erstlingsausgabe 2002 noch vornehm zurückgehalten. Das somit entstandene Finanzloch von über 800 000 Euro tat sich nur wenige Tage nach dem Verklingen der Lobeshymnen mit seiner ganzen Tiefe und ohne Aussicht auf Kompensation vor mir auf. In der Woche nach dem Rennen liefen die ersten größeren Rechnungen bei uns auf. Mir war sehr schnell klar, dass ich mit meiner Firma zwar eine wunderschöne Veranstaltungspremiere hingelegt, gleichzeitig aber auch eine deftige Kapitallücke aufgerissen hatte. Eine drohende geschäftliche Pleite klebte mir am Bein. Bei 800 000 Euro Premierenminus und dem Umstand, dass es sich hier nicht um einen Konzern, sondern um einen kleinen Familienbetrieb handelte, wären die meisten anderen Unternehmer wohl in die Knie gegangen und hätten Konkurs angemeldet. Das wollte ich aber unbedingt vermeiden, denn es sollte nicht so kommen, dass am Ende Handwerker und Dienstleister auf ihren Rechnungen sitzen blieben. Ich setzte mein gesamtes Vermögen ein, belieh mein Haus und gab viele Darlehen von meiner florierenden Reisefirma Hawaii Holiday Service an XDREAM. Aber am Ende genügte all das nicht, um das aufgelaufene Minus auszugleichen. Vor allem besaß ich keinerlei finanziellen Spielraum mehr, um den IRONMAN Germany in Frankfurt auch zukünftig auf lebensfähige Beine stellen zu können.

Meine Frau und ich fassten dann den Entschluss, auf jeden Fall alle Rechnungen zu begleichen, selbst wenn wir unser Haus und alles Ersparte dafür drangeben müssten, um dann in letzter Konsequenz auszuwandern. In ein fernes Land, wo wir mit nichts einen Neuanfang gewagt hätten. Unsere Wahl wäre wohl auf Indonesien oder die Philippinen gefallen. Ausmahlen wollte ich mir das Szenario freilich nicht, doch eines war klar: Dieses Erlebnis hat mich für die Folgejahre nachhaltig geprägt und zukünftige Schritte stark beeinflusst. Ich war damals bereit, alles, was ich je aufgebaut hatte, auch unsere gesamte private Existenz, aufzugeben, um fernab der Heimat komplett neu anzufangen. Wenn man diese Zäsur in seinem Innersten einmal vollzogen hat und auch bereit ist, die Konsequenz dessen zu leben, kommt man anders aus dem Zimmer heraus, als man hineingegangen ist! Es war dieser geringe Zeitraum von nur wenigen Tagen, in denen ich auf intensive Weise die volle Bandbreite an Höhen und

Tiefen durchlebte. Zwischen einerseits höchstem Lob und Anerkennung durch die Öffentlichkeit und andererseits einer harten geschäftlichen Bruchlandung, einhergehend mit dem drohenden privaten Exodus. Ich hatte damals zum ersten Mal dem Teufel tief ins Maul geschaut. Ein zweites Mal sollte mir das viele Jahre später auf ganz andere Art und Weise noch einmal widerfahren. Aber das ist eine andere Geschichte. Die erzähle ich später. 2002 musste ich darum kämpfen, nicht mit Haut und Haar verschlungen zu werden. Retten konnte mich nur noch ein Wunder.

Wie ein Anruf alles änderte

Bürozeit in Maintal. Zwei Wochen lag der erste IRONMAN Germany nun hinter mir. Draußen wärmte der Spätsommer, drinnen hielt mich die kalte Hand der drohenden Insolvenz in ihren Klauen. Sollte ich weiter auf ein Wunder warten oder dem Lavieren am Abgrund ein Ende bereiten?

Das Telefon klingelte. Am Apparat war ein Mann, und dieser sagte zu mir: »Mein Name ist Joachim Fuchs. Ich bin Marketingleiter der Adam Opel AG in Rüsselsheim und war vor zwei Wochen als Gast der Hessischen Landesregierung bei Ihrem Event in Frankfurt. Ich möchte Ihnen sagen, dass mir eigentlich fast alles dabei gefallen hat, bis auf eines ...«

Ich dachte kurz: Na ja, der Mann will jetzt vielleicht über das Essen im VIP-Bereich klagen, und fragte: »Was hat Ihnen denn nicht gefallen, Herr Fuchs?«

Es entstand eine kurze Pause in der Konversation. Nach wenigen Sekunden antwortete er: »Herr Denk, mir hat nicht gefallen, dass Opel nicht der Titelsponsor des IRONMAN Germany war. Könnten Sie sich vorstellen, dass Opel in Zukunft diesen Bereich erhält?«

In mir klingelten nach diesen Worten alle Glöcklein. Am liebsten hätte ich einen Freudenschrei ausgestoßen. Aber ich blieb ruhig und entgegnete Fuchs, dass ich mir das sehr wohl vorstellen könne, es müsse sich allerdings im Bereich Titelsponsoring um einen nicht unerheblichen sechsstelligen Betrag handeln. Eines wollte ich unter allen Umständen vermeiden: Ich musste ausschließen, dass ich – wie zuvor bei der Deutschen Bank erlebt – beim Titelsponsoring mit einem Deckungsbeitrag arbeiten sollte, der weder der Firma noch der Veranstaltung das Überleben gewährleisten kann.

Fuchs versicherte mir, dass ihm dies bewusst sei, und sprach postwendend eine Einladung aus: »Bitte kommen Sie übermorgen zu uns nach Rüsselsheim, dort müssen Sie Ihre Vorstellungen unserem Vorstand und mir erläutern.«

Zwei Tage später traf ich in Rüsselsheim auf den Unternehmensvorstand sowie auf Joachim Fuchs und dessen Marketingteam. Allein saß ich dort zwölf Personen gegenüber, die mich nach dem Austausch der üblichen Begrüßungsfloskeln mit detaillierten Fragen zum Titelsponsoring konfrontierten. Ich spürte sofort, dass mir hier Gesprächspartner gegenübersaßen, die nicht, wie ein Jahr zuvor bei der Deutschen Bank, nur ihre »landespatriotische Pflicht« erfüllen wollten, sondern sich den IRONMAN Germany sehr bewusst ausgesucht hatten, nachdem sie zuvor die Veranstaltung genauestens unter die Lupe genommen hatten. 45 Minuten lang dauerte das dichte Frage-und-Antwort-Spiel. Dann fiel die »Hausnummerfrage«, wie es der im Vorstand für Marketing zuständige Hans-Georg Zinnecker ausdrückte. Ich möge bitte sagen, welchen Betrag und welche Zusatzleistungen ich mir vorstelle.

Ich kam zum Punkt: »Für das Titelsponsoring werden 750 000 Euro fällig. Zudem benötigen wir fünfzehn bis zwanzig Fahrzeuge, um die umfangreiche Fahrlogistik, die bei einem IRONMAN anfällt, zu bewältigen.«

Schweigen im Raum. Eine gefühlte Ewigkeit war es so still, dass man eine Stecknadel hätte fallen hören können.

Zinnecker antwortete: »Der Betrag ist zu groß, im entsprechenden Budget von Opel sind nur 500 000 Euro vorgesehen.« Ob dies für mich auch vorstellbar sei, wollte er wissen.

In Sekundenbruchteilen rasten nun alle Gedankenmodelle durch meinen Kopf. Zum einen wären 500 000 Euro fünfmal mehr als die 100 000 der Deutschen Bank. Und die Summe würde den über mir schwebenden Firmen-Knock-out verhindern. Zum anderen aber würde sich das aufgetürmte Minus viele Jahre länger belastend auswirken. Bei meiner Antwort hatte ich sozusagen die Wahl zwischen dem Spatz in der Hand oder der Taube auf dem Dach.

Mein Bauchgefühl gab den Ausschlag. Ich sagte meinem Gegenüber, dass 500 000 Euro einfach zu wenig seien. Mir war klar, ich wandelte auf einem ganz schmalen Grad.

Meine Kühnheit überraschte die Manager. Opel brauchte Bedenkzeit: »Da müssen wir uns erst einmal kurz intern beraten und kommen in wenigen Minuten auf Sie zurück. Bitte warten Sie solange hier im Raum.«

Diese Minuten kamen mir wie Stunden vor. Eine Mitarbeiterin betrat irgendwann den Raum und bot mir einen Kaffee an. Ich hatte immer noch das Bild im Kopf, wie der Unternehmensvorstand das Besprechungszimmer verließ: vorn der Chef, dahinter reihten sich nach Grad der Bedeutung die Mitarbeiter ein. Auszug der Manager. Zurück blieb ich. Allein. Einsam. Verloren im Entscheidungsraum eines Unternehmens, das jetzt über meine Forderung zu Rate ging. Kaffee hatte ich bis zu diesem Zeitpunkt noch nie getrunken. Ich bin leidenschaftlicher Teetrinker. Jetzt aber wollte ich nicht unangenehm auffallen und nahm den Kaffee dankend an. Es sollte der einzige Kaffee meines Lebens bleiben. Beim Trinken dachte ich nur: Vielleicht hilft mir mein Kaffeeopfer beim Titelsponsoring.

Die verfluchte Ewigkeit nahm kein Ende. 20 Minuten musste ich warten, dann kehrte die Verhandlungsdelegation von Opel zurück in den Raum. Der Vorstand bat mich, doch noch einmal zu überlegen, ob 750 000 Euro mein letztes Wort seien. Mein Bauch sagte mir wiederum, dass ich dies bestätigen müsse, und so blieb ich standhaft bei meinem Betrag. Ein kurzer, aber intensiver Blickkontakt zwischen dem Vorstand und mir baute sich auf. Ich hielt seinem Blick stand und hörte schließlich den Satz: »Na gut, Herr Denk, wir machen das mit den 750 000 Euro jährlich für die nächsten drei Jahre, aber wir geben Ihnen zunächst nur zehn Fahrzeuge für Ihren logistischen Bedarf.«

Wahnsinn, das Wunder war eingetreten! Ich durfte mir jedoch meinen innerlichen Sprung in die Wolken natürlich nicht anmerken lassen. Die Firma XDREAM und ich waren gerettet. Der Deal mit Opel war der erste Schritt zur finanziellen Konsolidierung, ein weiterer sollte mir ein Jahr später gelingen. Dieser nächste große Coup im Sponsoring, sozusagen ein weiterer Big Point neben Opel, gelang mir 2004. Ich konnte den Batteriehersteller Duracell für einen Zweijahresvertrag gewinnen, der XDREAM pro Jahr 400 000 Euro einbrachte und wofür ich an Duracell den von mir entworfenen Untertitel »powered by« verkaufte. Das Event hieß somit in den Jahren 2004 und 2005: Opel IRONMAN Germany, powered by Duracell.

Opel zog sich 2005 wegen negativer Geschäftsentwicklungen im Automobilbereich komplett aus dem Sportsponsoring zurück. Das bedeutete auch das Ende ihres Engagements beim IRONMAN Germany, und für mich begann erneut die Suche nach einem potenten Titelsponsor. Ein entsprechender Abschluss gelang mir mit der Frankfurter Sparkasse, die zur Landesbank Hessen und Thüringen zählt. Ich schloss den Titelsponsorvertrag mit der Frankfurter Sparkasse mit einer Laufzeit bis in das Jahr 2011 hinein ab. Die Höhe des Engagements der Sparkasse war vergleichbar mit der Summe, die von Opel überwiesen worden war. Eine Übereinkunft, die man durchaus als sehr großen Vertrauensbeweis seitens des Sponsors für die bis dato geleistete Arbeit von XDREAM bewerten darf, insbesondere auch in Bezug auf die lange Laufzeit dieses Vertrags.

Zurückblickend darf ich mir eines wohl zugutehalten: Die beiden Sponsoringabschlüsse mit Opel und Duracell, aus den Jahren 2003 und 2004, markierten den entscheidenden Durchbruch auf dem Weg nach oben und bildeten die finanzielle Basis für die überaus erfolgreiche Geschäftsentwicklung der Firma XDREAM in den Folgejahren, welche anschließend ab 2005 eine nochmalige Steigerung durch die langfristigen Verträge mit der Frankfurter Sparkasse erreichte.

Wie der Titel »Europameisterschaft« entstand

Anfang 2006 schrieb mir der neue WTC-Präsident Ben Fertic eine Mail. Er kündigte an, bald nach Frankfurt kommen zu wollen, um sich mit mir zu treffen. Thema war der Lizenzvertrag, der Ende des Jahres auslaufen und den die WTC gern mit XDREAM verlängern würde. Fertic hatte kurz zuvor von seinem Vorgänger Lew Friedland dieses Amt übernommen. Wie Fertic mir bei späteren Begegnungen erzählte, unterhalte er beste private Kontakte zu den Söhnen von Pat Gills, dem damaligen Eigentümer der WTC. Fertic erzählte mir auch, dass er mit den Söhnen in die gleiche Schule gegangen sei und dass sie von ihrem Vater die Mehrheitsanteile an der WTC übernehmen würden. Das angekündigte Treffen fand kurze Zeit nach Eingang der Mail in Frankfurt statt. In dem Gespräch erklärte mir Fertic, dass die WTC den Vertrag für Frankfurt mit mir verlängern wolle. Der neue Vertrag solle über weitere fünf Jahre laufen, allerdings zu deutlich höheren Lizenzgebühren. Die Summe, die

Fertic unter »deutlich höher« verstand, belief sich auf mehr als 100 000 Euro jährlich. Ich erklärte ihm, dass meine Firma eine solch signifikante Erhöhung nicht so einfach würde stemmen können. Gleichzeitig überlegte ich, wie man sich doch irgendwie handelseinig werden könnte.

»Was kann die WTC mir als Mehrwert anbieten?«, fragte ich mein Gegenüber.

Fertic überlegte eine Weile. »Wir können den Titel des Rennens aufwerten, das könnte einen Teil der Mehrausgaben kompensieren«, schlug er vor.

Da mir Fertic aber im weiteren Gesprächsverlauf keine wirklich sinnvollen Titel präsentieren konnte, unterbreitete ich ihm den Vorschlag, dass der IRONMAN Germany ab dem kommenden Jahr den Titel »IRONMAN-Europameisterschaft« führt. Mein Gedanke war, dass ein künstliches EM-Label den Wettkampf in Frankfurt medial aufwerten würde und dadurch in der Folge höhere Sponsoringeinnahmen generiert werden könnten. Damit wäre dann die beträchtliche Erhöhung der Lizenzgebühr einigermaßen aufgefangen.

Fertic war mit meinem Vorschlag, der die WTC noch nicht einmal etwas gekostet hatte, einverstanden. Gegenüber den Gills-Brüdern als den kommenden neuen Eigentümern der WTC konnte er überdies mit deutlich gestiegenen Lizenzerträgen glänzen.

Mir gelang es in der Folge tatsächlich, dank der Aufwertung des Rennens zur Europameisterschaft, höhere Sponsorenerträge zu erzielen. Es ergab sich somit eine klassische Win-win-Situation für beide Vertragspartner; letztlich waren die WTC als auch ich zufrieden.

Eines habe ich in den Verhandlungen mit den amerikanischen Partnern über all die Jahre gelernt: Überlässt du ihnen das Gefühl der Kontrolle und stimmst sie in finanzieller Hinsicht zufrieden, dann lassen sie dir große unternehmerische

Freiheiten. Zumindest galt diese Maxime, solange sich Verträge um die Vergabe nationaler Lizenzvergaben drehten, also bis zum Jahr 2009.

Wie Frankfurt einen kleinen IRONMAN-Bruder bekam

Im Spätsommer 2006 rief mich der damalige Wiesbadener Oberbürgermeister Helmut Müller an. »Gibt es eine Möglichkeit, einen Teil der Radstrecke des IRONMAN Germany durch Wiesbaden zu führen?«, wollte Müller wissen.

Ich kannte Müller noch sehr gut aus dem Jahr 2001, als ich mit meinem IRONMAN-Germany-Projekt bei der Hessischen Landesregierung vorstellig wurde. Ministerpräsident Roland Koch stellte mir seinen Büroleiter als meinen Ansprechpartner für Wirtschaftskontakte vor. Das Anliegen, das Müller mir jetzt als Oberbürgermeister vortrug, war sehr ernsthaft. Der promovierte Volkswirt Müller wollte mit dem Produkt IRONMAN einen Imagegewinn für die Landeshauptstadt Wiesbaden erreichen. Wie er mir erklärte, sollte sich die Darstellung Wiesbadens wandeln: vom bisher eher kurstädtisch beschaulichen Image zu mehr jugendlicher und dynamischer Ausstrahlung. Er war fest davon überzeugt, dass dies unter anderem mit einem Wettbewerb wie dem IRONMAN möglich sei. Müller betonte, dass er auf keinen Fall den Wettkampf von Frankfurt abwerben möchte, sondern er bat mich zu prüfen, wie die Führung der Radstrecke innerhalb des Wettkampfes unter Einbeziehung von Wiesbaden möglich sei.

»Ich verspreche Ihnen, das Anliegen umgehend zu prüfen«, sagte ich zu Müller und bat ihn um einige Tage Geduld. In den folgenden Tagen besprach ich seine Idee mehrmals mit meinem Renndirektor Kai Walter. Wir versuchten anhand der Straßenkarten eine irgendwie geartete Möglichkeit zu finden, um Müllers Wunsch nachzukommen. Was immer wir aber an einer Streckenplanung inklusive Wiesbaden auch versuchten, es scheiterte am Ende stets an zwei entscheidenden Hindernissen: Zum einen war es die Entfernung von Frankfurt nach Wiesbaden, die einen Kurs über zwei Runden unmöglich werden ließ. Zum anderen war es die Verkehrssituation im Westen von Frankfurt, die rund um den Flughafen viele Straßenkreuzungen und Autobahnkreuze vorwies. Das vereitelte eine für den IRONMAN notwendige längere Straßensperrung von vornherein. Ich war eigentlich schon so weit, dass ich dem Wiesbadener Oberbürgermeister schweren Herzens absagen wollte. Da erinnerte ich mich an eine seit Monaten innerhalb der WTC immer wieder diskutierte Idee eines Halbdistanz-IRONMAN, also eines Wettkampfes, der beim Schwimmen, Radfahren und Laufen genau die Hälfte der eigentlichen IRONMAN-Distanz betrug. Ich kontaktierte WTC-Präsident Ben Fertic und erklärte ihm die Situation mit Wiesbaden:»Könnt ihr uns für Deutschland nicht auch eine Lizenz zur Veranstaltung eines Halb-IRONMAN erteilen, den wir in Wiesbaden durchführen?«

Fertic war sehr angetan von meiner Idee und offenbarte mir, dass er schon seit Wochen an einem Namen für einen solchen Wettbewerb bastle und meine Anfrage zur rechten Zeit komme, denn die WTC habe nun entschieden, diese neue Wettbewerbsserie auf der Halbdistanz IRONMAN 70.3 zu nennen. Mir war zunächst nicht klar, was diese Zahl bedeutete. Sie erschien mir eigentlich wie eine dreistellige Hausnummer. Fertic klärte mich auf: Die Zahl 70.3 stehe genau für die Hälfte der Gesamtmeilen, die bei einem ganzen IRONMAN bewältigt würden, und er würde diese Namensgebung dem Titel Half-IRONMAN vorziehen, denn das englische Wort »half« würde in der öffentlichen Wahrnehmung aus einem Teilnehmer indirekt auch einen »halben« Finisher machen.

Ich diskutierte mit ihm noch Sinn und Unsinn einer solchen numerischen Namensgebung, aber er hatte sich schon für diesen Namen entschieden. So war ein neuer Wettbewerb unter der Flagge der WTC geboren und Wiesbaden sollte in Deutschland der Austragungsort dieses IRONMAN 70.3 werden. Ich rief den Oberbürgermeister an und bat ihn um ein Treffen. Bei der Zusammenkunft im November 2006 in Wiesbaden stellte ich ihm den neuen Plan vor. Müller war zunächst auch verwirrt ob der Bezeichnung IRONMAN 70.3, meinte aber schließlich, dass sie ja im Hauptteil des Titels den Namen IRONMAN trage und Wiesbaden somit einen eigenen IRONMAN-Wettbewerb erhalte. Das gefalle ihm und er sagte seine volle Unterstützung für Streckenplanung und Finanzierung zu.

Ich machte mich nun mit unserem Renndirektor an die Streckenplanung dieser neuen Distanz für Wiesbaden und Umgebung. Die klare Vorgabe lautete: das Erfolgsmodell von Frankfurt möglichst gut kopieren. Das Motto, die Innenstadt in eine Sportarena zu verwandeln, sollte auch für Wiesbaden gelten. Meine allererste Idee für den Zieleinlauf war der Bereich des Kurparks und das Gelände vor dem Kurhaus der Stadt Wiesbaden. Dort bot sich in meinen Augen ein schönes und würdiges Ambiente für den Schlusspunkt dieses Wettkampfs. In den Folgejahren hat sich die Idee als richtig erwiesen, genau wie es zuvor mit dem Frankfurter Römerberg der Fall war. Ich persönlich halte nämlich wenig von einem IRONMAN, der irgendwo auf einer grünen Wiese oder auch einem anonymen Flughafenrollfeld abgewickelt wird. Ein IRONMAN und die Sportart Triathlon gehören nach meiner Überzeugung in das Herz einer Großstadt oder zumindest an einen Ort mit einem landschaftlich attraktiven Umfeld. Nur so kommt dieser Sport in der öffentlichen Wahrnehmung aus dem Ghetto der Randsportart heraus. Wettbewerbe in städtischen Außenbezirken oder in einem nichtssagenden ländlichen Umfeld mögen zwar einfacher zu organisieren sein, sie sind aber medial bei Weitem nicht so imagefördernd und belassen den Triathlonsport letztendlich weiter in seinem Randsportdasein. Ein IRONMAN im Zentrum einer Großstadt ist sicher ein Wagnis, weil er einhergeht mit einer großen logistischen Herausforderung. Der Erfolg der IRONMAN-Wettbewerbe in Frankfurt und Wiesbaden, und auch der des City-Triathlons in Hamburg, beweisen aber, dass es möglich ist, diese Herausforderung zu meistern, wenn der notwendige Wille und eine stetige unternehmerische Kreativität bei den betreffenden Veranstaltern vorhanden ist.

Am 19. August 2007 startete dann der erste IRONMAN Germany 70.3 in Wiesbaden, fast auf den Tag genau fünf Jahre nachdem der erste IRONMAN Germany 2002 in Frankfurt seine Premiere feierte. Bei aller visionären Kraft, die mich in den Jahren 2001 und 2002 leitete, hätte ich nie daran gedacht, innerhalb von nur fünf Jahren zwei erfolgreiche IRONMAN-Events in Deutschland auf die Beine zu stellen. Nicht im Umfeld einer Kleinstadt, nein, mitten im Herzen zweier gewichtiger großer Städte mit viel Ausstrahlung. Der IRONMAN 70.3 in Wiesbaden entwickelte sich in den Folgejahren sehr erfolgreich und leitete zusammen mit dem Erfolg des IRONMAN Germany in Frankfurt einen regelrechten Teilnehmerboom ein, auch für andere Triathlon-Wettbewerbe in Deutschland.

Dieser Hype hat nach meiner Überzeugung seinen Ursprung in dem Erfolg der Veranstaltungen von Frankfurt und Wiesbaden, verbunden mit der Vision von einer Großstadt als Sportarena. Der Ballungsraum des Rhein-Main-Gebiets mit seinen mehr als zwei Millionen Einwohnern und seiner wirtschaftlichen Leistungsstärke war die Quelle, aus der immer neue Teilnehmerrekorde sprudelten. Der Erfolg des IRONMAN Germany zeigt sich auch an ein paar Zahlen, die eine Unternehmensberatung in unserem Auftrag 2007 zusammenstellte: Der Wertschöpfungsfaktor des Frankfurter Rennens belief sich demzufolge 2007 auf 18,7 Millionen Euro. Das heißt nichts anderes, als dass im Ballungsraum des Rhein-Main-Gebiets eine einzige Veranstaltung dafür sorgte, dass etwa der Umsatz von Fahrradläden, Hotels, Bäckereien, Metzgereien und Sportgeschäften um eben jene Summe anwuchs. Geld, das vorher hier nicht umgesetzt wurde und vielen kleinen Unternehmern und der Gastronomie in den Sommerwochen ein willkommenes Zubrot bescherte. Der IRONMAN Germany sorgte im gleichen Erhebungsjahr für 16 200 Übernachtungen in Hotels und Pensionen in Frankfurt und Umgebung. In Wiesbaden sind entsprechend wirtschaftlich positive Effekte ebenso vorhanden.

Faktoren wie wirtschaftliche Leistungsstärke und vom IRONMAN-Virus infizierte Neueinsteiger haben dem Triathlonsport in Deutschland Renommee und jede Menge Athleten beschert. Sportler, die vom Triathlon kaum fasziniert waren, begeisterten sich jetzt für diese Disziplin. Ich denke daher, dass der Begriff Hype zu Recht diesen Aufschwung beschreibt.

Wie der Teilnehmerhype entstand

Ab 2007 erlebten auch alteingesessene Triathlonveranstaltungen ein Teilnehmerboom, im Kern gespeist von der in Frankfurt und Wiesbaden sprudelnden Quelle der Kraft dieser Sportart. Das Sprichwort »Konkurrenz belebt das Geschäft« trifft hier bestimmt den Punkt. Sowohl die Traditionsveranstaltung in Roth bei Nürnberg als auch der City-Triathlon in Hamburg unterstützten diesen aufkommenden Hype noch. Frankfurt, Hamburg und Roth befeuerten sich in der Folge gegenseitig mit jeweils neuen Buchungsrekorden in immer kürzeren Zeitabständen.

Eine Konsequenz dieser schnell wachsenden Buchungen war dann, dass für den IRONMAN-Wettbewerb in Frankfurt ein Ventil für die überlaufenden Teilnehmerzahlen notwendig wurde. Das wurde zur Geburtsstunde eines zweiten IRONMAN Germany über die Langdistanz. Dieser feierte 2010 in Regensburg eine erfolgreiche Premiere.

Zwei Faktoren müssen zusammenwirken, damit ein derartiger Boom entstehen kann. Diese galten für mich schon in meinen Anfangstagen der Frankfurter Veranstaltung und sie behalten ihre hohe Bedeutung: Man muss als Veranstalter immer bemüht sein, die Qualität seines Produkts zu verbessern, und zwar nach innen und nach außen. Mit »innen« meine ich den Service am Athleten und die Liebe zum Detail bei diesem Service. Mit »außen« meine ich die stetige Investition in ein international attraktives Profistarterfeld und regelmäßiges aktives Bewerben der Veranstaltung. Hat man diese beiden Teile erfüllt, dann muss man laufend und intensiv für sein Produkt trommeln, sprich: werben. Wer nicht permanent durch entsprechende Werbung in seine Außendarstellung investiert, der wird wenig Aufmerksamkeit von Unbeteiligten erhalten. Diese bisher sportlich Unbeteiligten sind es aber, die es zu gewinnen gilt, und dieses Gewinnen von neuen Teilnehmern ist mit den IRONMAN-Wettbewerben in Frankfurt und Wiesbaden gelungen.

Ich war immer der Meinung, dass man, ähnlich wie es ein Landwirt macht, zuerst viel säen und anschließend mit Qualität überzeugen muss, um danach eine reichliche Ernte einfahren zu können. Es ist die richtige Mischung, auf die es beim erfolgreichen Werben ankommt, nämlich das Abwägen zwischen persönlichem Engagement und klug investiertem Geld.

Zu jedem Erfolg gehört meistens aber auch ein Gesicht. Beim IRONMAN Germany lag es auf der Hand, dass ich selbst zum Gesicht des Produkts wurde. Der Grund ist einfach: Als Privatperson war ich es, der sein Herzblut und sein eigenes Geld in das Gelingen des Projekts steckte. Insofern wirkte ich in der Öffentlichkeit glaubwürdig und authentisch. Das war wichtig, um die Popularität des Produkts zu steigern, im Kleinen wie im Großen. Außerdem war es für mich selbstverständlich, als Identifikationsfigur öffentlich präsent zu sein. Wenn man zudem das erwirtschaftete Geld immer wieder in kluge Werbestrategien investiert, ist ein einmal laufender Produkthype kaum noch aufzuhalten. Lässt man allerdings beim Betreiben dieses Kreislaufs auch nur an einer Stelle nach, wird das gesamte Gebilde früher oder später leiden. Es setzt eine Abwärtsspirale ein, welche die Veranstaltung in jeder Hinsicht nach unten zieht. Die politische Relevanz sinkt, die Wirtschaftskraft leidet, die sportliche Attraktivität nimmt ab und die Beachtung in den Medien lässt nach. Das führt zu politischer Zurückhaltung und die Abwärtsspirale setzt sich immer weiter fort.

Wie und warum die WTC meine Firma kaufte

Die geschäftliche Entwicklung meiner Firma XDREAM war im Jahr 2008/2009 auf einem außerordentlich guten Weg. Dank der enormen Buchungszahlen für die Wettbewerbe in Frankfurt und Wiesbaden und aufgrund des reichlich vorhandenen Engagements der Wirtschaft kann man sogar von einem Höhepunkt in der geschäftlichen Entwicklung der Agentur sprechen.

In dieser Zeit des Umsatz- und Gewinnzuwachses erreichte mich Ende Januar 2009 ein Anruf des damaligen WTC-Präsidenten Ben Fertic. Er sagte mir, dass er mir bei einem Treffen gern Jesse Du Bey vorstellen möchte, den Direktor des New Yorker Private-Equity-Unternehmens Providence. Fertic erklärte mir auch, dass Providence seit einem Jahr der neue Eigentümer der WTC und der Marke IRONMAN sei.

Der Anruf von Ben Fertic erreichte mich während meines Skiurlaubs am Arlberg, und ich fragte Fertic, wie dringend dieses Meeting sei.

»Das Treffen ist sehr dringend, Kurt«, höre ich ihn noch heute sagen. Er machte den Vorschlag, dass wir uns in München treffen. Dort würde in wenigen Tagen die Internationale Sportartikelmesse (ISPO) beginnen und er würde zusammen mit Jesse Du Bey dort anwesend sein.

Mir war München als Treffpunkt recht, die Stadt liegt nur etwas mehr als zwei Autostunden von meinem Urlaubsort Zürs am Arlberg entfernt. Also vereinbarten wir für den 2. Februar 2009 ein Treffen in München. Ich teilte Fertic noch mit, dass ich gern auch meinen Juniorpartner Kai Walter bei diesem Meeting dabeihätte. Aus meinen Erfahrungen habe ich die Lehre gezogen, dass es immer besser ist, möglichst nie in ein Eins-zu-zwei-Gespräch zu gehen, wenn dieses Gespräch wichtig erscheint. Fertic stimmte meinem Wunsch zu, worauf ich Kai Walter in unserem Maintaler Büro über das Treffen und den Termin informierte.

Das Vierertreffen zwischen Fertic, Du Bey, Walter und mir fand wie vereinbart am 2. Februar 2009 in einem Restaurant in der Nähe des Münchner Messegeländes statt. Zu Beginn dieses Gesprächs, das rund drei Stunden dauerte, fragte mich Jesse Du Bey nach den Eigentumsverhältnissen von XDREAM. Ich erklärte ihm, dass ich im Besitz von 80 Prozent der Firmenanteile sei und Kai Walter 20 Prozent am Unternehmen halte. Im weiteren Verlauf schilderten dann Du Bey und Fertic, wie die Entwicklung der WTC aussehen werde und welche Vorstellungen Providence hege. Ein Wandel zeichnete sich ab: Die neue Richtung werde weg vom bisherigen System mit Lizenznehmern in den jeweiligen Ländern führen, hin zum Besitz der gesamten nationalen Rennen durch die WTC. Nur mittels dieser Besitzverhältnisse könne Providence den Gesamtkomplex steuern und wohl später wieder verkaufen.

Es sollten also keine nationalen Lizenzvergaben mehr erfolgen, stattdessen ersann die WTC den Aufkauf aller Lizenzhalter in dem jeweiligen Land. »Deutschland ist hierbei der Schlüsselmarkt in Europa, und da XDREAM die IRONMAN-Lizenzen für Deutschland noch für einige Jahre besitzt, ist es für Providence wichtig zu wissen, ob XDREAM von der WTC und Providence aufgekauft werden kann«, rückte Du Bey mit der Sprache heraus. Mit einem solchen Verlauf des Gesprächs hatte ich nicht im Entferntesten gerechnet. Ich war, gelinde gesagt, sehr überrascht. Das Münchner Meeting endete mit dem Auftrag von Jesse Du Bey, ich möge ihm in den nächsten Tagen per Mail einen Verkaufsvorschlag zukommen lassen. Wir verabschiedeten uns. Walter fuhr nach Maintal, ich kehrte zurück in mein Winterquartier an den Arlberg, und die beiden Amerikaner flogen am nächsten Tag zurück in die USA.

Auf der Rückfahrt und am Folgetag schossen mir die Gedanken wie wild durch den Kopf: Will ich überhaupt verkaufen? Besteht überhaupt die Notwendigkeit eines Verkaufs? Schließlich laufen die Lizenzverträge noch einige Jahre. Die Geschäftsentwicklung von XDREAM war gerade prächtig, warum sollte ich das drangeben, das abstoßen, was ich voller Idealismus und Pioniergeist aufgebaut hatte?

In meine Gedankenspiele flatterte eine Mail. Absender: Jesse Du Bey. Er formulierte in dem Schreiben nochmals sein großes Interesse am Aufkauf von XDREAM und er wartete nun auf meinen Verkaufsvorschlag. Ich rief Kai Walter sofort an und wir wägten die Argumente pro und kontra Verkauf intensiv miteinander ab. Ich weiß noch gut, was mir alles durch den Kopf ging. Da war zum einen mein Alter. Immerhin wurde ich bald 60 Jahre alt. Zum anderen dachte ich immerzu: Eigentlich soll man verkaufen, wenn es am schönsten ist, wirtschaftlich mit einem Unternehmen alles zum Besten ist und der Interessent obendrein unbedingt kaufen möchte. Auch wollte ich, um ehrlich zu sein, unbedingt mehr Zeit für meinen damals elf Jahre alten Sohn finden. In den zurückliegenden neun Jahren war diese Zeit sehr begrenzt gewesen, und ich spürte, dass mein Sohn meine Nähe in den kommenden Jahren benötigte. Eine Nähe, die ich ihm niemals hätte geben können, wenn ich in meinem bisherigen Rhythmus weitergearbeitet hätte: sieben Tage mindestens zwölf Stunden am Tag. Ich hätte die Zeit seines »Flügelschlagens« nie richtig und voller Aufmerksamkeit miterleben können. Eine Zeit, die für einen Vater und sein Verhältnis zu seinem heranwachsenden Sohn aber sehr wichtig ist. Mein Verständnis ist, dass Eltern ihren Kindern zwei ganz wichtige Dinge mitgeben sollten, nämlich die Wurzeln und die Flügel. Das aktive Miterleben, wie mein Sohn in den folgenden Jahren seine Flügel benutzen würde, dies war mir sehr wichtig und wurde mir durch die sich nun bietende Gelegenheit ganz deutlich bewusst.

All diese Gedanken bewegten mich, und ich dachte mir auch, dass diese urplötzlich aufgetretene Situation vielleicht ein »Wink von oben« war und ich den Verkaufsgedanken ernsthaft in Erwägung ziehen sollte.

Mitte Februar 2009 schickte ich per Mail meinen Verkaufs-vorschlag mit der entsprechenden »Hausnummer« an Jesse Du Bey. Der antwortete sofort sehr freundlich und offen auf meinen Vorschlag. Er vergaß jedoch nicht, darauf hinzuwei-sen, dass die von mir genannte »Hausnummer« noch etwas zu hoch sei.

Er rief mich dann auch umgehend auf meinem Handy an und erklärte mir bei diesem Telefongespräch, wie er den Ver-kauf gern abwickeln würde. Er malte mir aus, dass ich richtig viel Geld verdienen könne, sozusagen zum Multimillionär auf-steigen werde, indem ich für den Verkauf meiner Anteile von XDREAM sogenannte Optionsscheine (Stock Options) von Providence erhalten würde. Mit diesen Stock Options würde bei einem späteren Verkauf der Marke IRONMAN durch Providence der Besitzer dieser Optionsscheine einen riesigen Gewinnhebel nutzen können. Ich würde dann ein Vielfaches von dem kassieren, was mein Unternehmen zum Zeitpunkt meines Verkaufs an Providence wert gewesen war. Es müsse bei diesem Deal kein Bargeld als Kaufsumme fließen, sondern ich würde den ausgehandelten Verkaufspreis dann in Form dieser Stock Options erhalten.

Ich hörte mir diesen stark Finanzamerikanisch geprägten Vorschlag interessiert, aber auch sehr nachdenklich an. Zum Schluss des Telefongesprächs gab mir Jesse Du Bey folgende Weissagung ins Ohr:»Kurt, we make you very rich. What do you think about this outlook?«

Ich antwortete ihm, dass dies nicht in meinem Interesse liege, denn ich sei nicht so gierig, alles mithilfe von Optionshebeln zu multiplizieren. Dann erklärte ich ihm, dass ich ein zufriedener Mensch sei, zufrieden mit dem von mir Erreichten, und jetzt einen fairen Preis für meine wirtschaftlich sehr gut aufgestellte Firma erwarte und wenig Interesse an Optionsscheinen aufbringe. Ich schloss dann mit dem etwas flapsigen Satz:»In God I trust, all others pay cash!«

Somit waren die Verhandlungsclaims beiderseits erst einmal abgesteckt. Ein spannendes und intensives Verhandlungsspiel beider Seiten entstand. Nach dem Motto »Zuckerbrot und Peitsche« unterbreiteten Du Bey und Fertic mal verlockende Offerten und wollten mir mehr Optionsscheine an der WTC vermachen, oder sie machten mir indirekt klar, wenn ich nicht auf ihre Offerten einginge, ließen sie meine Zeit als Lizenznehmer einfach auslaufen und ich hätte am Ende meines Vertrags gar nichts erhalten.

So ging es zwei Wochen lang hin und her. Und das täglich einige Stunden lang. Ich fühlte mich einerseits umworben und andererseits unter Druck gesetzt. Eine schwierige Lage, schließlich wollte ich Herr meiner eigenen Entscheidungen bleiben und um jeden Preis den Deal mit den Optionsscheinen für mich ausschließen.

Sehr zu meiner Überraschung besuchte mich Jesse Du Bey in meinem Urlaubsort in Österreich. Du Bey weilte in Lech mit seiner Frau zum Skiurlaub. Er wusste, dass ich ganz in der Nähe war, und verabredete sich ohne große Umschweife mit mir. Wir kamen uns dabei menschlich und geschäftlich sehr nahe, und es wurden letztendlich dort dann auch die finalen Abwicklungsbedingungen zum Verkauf meiner Firma XDREAM ausgehandelt und beschlossen. Diese beinhalteten weitgehend meine gewünschten Vorstellungen. Der offizielle Verkauf erfolgte dann in Frankfurt am Main, am 29. April 2009, somit nur knapp drei Monate nach meinem ersten Zusammentreffen mit den Repräsentanten von Providence und der WTC, Anfang Februar in München.

Wie ich zwei verschiedene Philosophien erkannte

Die Verwirklichung meiner Vision des IRONMAN Germany in einer Großstadt sowie der geschäftliche Erfolg meiner Firma XDREAM beruhten im Wesentlichen auf vier Säulen: Zum einen besaß ich die absolute unternehmerische Freiheit, um meine Vision mit allem privaten Risiko umzusetzen. Zum anderen nahm ich von Anfang an eine Erfolg versprechende Gewichtung des Verhältnisses von Qualität und Quantität vor, und drittens erkannte ich sehr schnell, dass eine intensive Pflege der Medienarbeit und die dazu notwendige kommunikative Transparenz unabdingbar für einen langfristigen Geschäftserfolg sind. Die letzte und enorm wichtige Säule ist aber auch immer, dass eine authentische Person einem Projekt und einer Vision dauerhaft ein Gesicht in der Öffentlichkeit verleiht. Ich ging im Frühjahr 2009 davon aus, dass diese Vorstellungen auch ebenso bei den neuen Eigentümern und deren Vertretern so gesehen werden.

Nach dem dann erfolgten Verkauf meiner Firma an Providence war ich, zusammen mit meinem einstigen Juniorpartner Kai Walter, weiter als Geschäftsführer bei XDREAM tätig. Ich erkannte in der Zeit nach dem Verkauf aber recht bald, dass die Position des reinen Verwalters auf Dauer nicht meine Welt sein würde. Ich habe mich immer als kreativer Unternehmer begriffen, und als solcher entwickelte ich das Produkt IRONMAN Germany innerhalb weniger Jahre zu einer sehr erfolgreichen Marke in der Deutschen Sportlandschaft. Die neuen Vorgaben seitens der damals Verantwortlichen bei den neuen Besitzern zeigten mir aber mehr und mehr, dass diese sich nicht unbedingt mit meinen unternehmerischen Gedanken deckten. Ich begann, nach einem Ausstiegsszenario zu suchen, um dieser neuen, eher doch mehr reinen Verwaltungsarbeit zu entkommen. Noch hatte ich dieses Szenario für mich nicht entdeckt. Es sollte noch bis in den Herbst 2009 dauern, ehe mir klar geworden war, wie ich an meiner Rolle etwas ändern konnte.

Wie ich den Zeitpunkt zum LOSLASSEN erkannte

Die Entwicklung hin zu einer aus Amerika erfolgenden Geschäftssteuerung, die sich seit dem Verkauf meiner Firma XDREAM Ende April 2009 und zunehmend ab dem Sommer 2009 bemerkbar machte, weckte in mir das Gefühl, dass ich einen richtigen Moment zum LOSLASSEN suchen sollte, auch um die nach wie vor guten zwischenmenschlichen Beziehungen zu den Repräsentanten der neuen Eigentümer nicht zu beschädigen.

Der richtige Moment des LOSLASSENS war dann im November 2009 gekommen, wieder ein idealer Wendepunkt in meinem Leben.

Der damalige Präsident der WTC, Ben Fertic, weilte Anfang November 2009 zu einem Kurzaufenthalt in Frankfurt und lud mich in diesem Zusammenhang zu einem Frühstücksmeeting in sein Hotel ein. Bei dem dort über zwei Stunden dauernden intensiven Gespräch über Ziele und deren Abläufe sowie deren Umsetzungen erkannten er und ich, dass unsere Ansichten nicht unbedingt deckungsgleich waren. Ich schlug ihm deshalb vor, dass ich mich mit Datum meines in Kürze bevorstehenden 60. Geburtstags aus dem operativen Geschäft zurückziehen würde. Ben Fertic anerkannte meine Beweggründe und wir waren uns am Ende gemeinsam einig, die Zusammenarbeit für die Zukunft auf eine entsprechend andere Ebene zu stellen.

Die WTC und Providence statteten mich ab Dezember 2009 dann mit einem Vertrag als Chairman und Berater aus. Dieser Kontrakt lief bis zum Jahresende 2012.

Abschließend möchte ich sagen, dass ich in Bezug auf IRONMAN gleich zweimal den richtigen Moment gefunden hatte: zuerst im Oktober 2000 beim Frühstück in Kona auf Hawaii, als ich ZUPACKTE. Und dann beim Frühstück im November 2009 in Frankfurt, als ich den Moment erkannte, loszulassen. Durch das erfolgte LOSLASSEN im rechten Moment wurde ich ab dem 1. Dezember 2009 wieder wirklich glücklich. Ich war frei. Für dieses Gespür, im richtigen Moment zuzupacken und zum rechten Zeitpunkt wieder loszulassen, bin ich sehr dankbar, und meine gemachte Erfahrung zeigt mir, dass dies ein eminent wichtiger Baustein zu Erfolg und Glück ist, nicht nur im geschäftlichen Bereich.

Lustige und andere Anekdoten

Zu meinen Erfahrungen während der fast zehn Jahre, in denen ich den IRONMAN Germany führte und aufbaute, zählen neben den vielen interessanten geschäftlichen Entwicklungen ebenso auch einige besonders amüsante Erinnerungen und Anekdoten. Die meisten stammen aus den Anfangsjahren.

Das Hollandfahrrad

Bei der Premierenveranstaltung in Frankfurt am 18. August 2002 konnten sich auch Teilnehmer als Profi anmelden und im Profibereich starten, die eigentlich eher als reine Amateure zu bezeichnen waren. So geschah es, dass sich Petra B. aus Nidderau bei Hanau für das Profifeld der Frauen anmeldete. Uns als Veranstalter war allerdings nicht bewusst, dass sich hinter dem unbekannten Namen eine lupenreine Amateurin verbarg. Viele Unbekannte hatten sich für den Profibereich gemeldet. Alles Namen, die einem zum damaligen Zeitpunkt nichts sagen mussten. Das Besondere an der jungen Frau aus Nidderau offenbarte sich uns am Tag vor dem Wettkampf. Ich wurde von unserem Leiter der Wechselzone 1 am Langener Waldsee angerufen. »Du musst unbedingt in den Fahrradbereich der Wechselzone kommen!«, rief er mir aufgeregt ins Ohr. »Wir haben dort etwas sehr Kurioses entdeckt.«

Als ich dort ankam, wo die Athleten ihre Rennräder eincheckten und für den kommenden Tag abstellten, entdeckte ich eine kleine Menschentraube im Bereich der Fahrradstellplätze der Profis. Zuerst dachte ich, dass die Aufmerksamkeit der Leute dort Jürgen Zäck galt, der just in diesem Augenblick seine hochwertige und moderne Rennmaschine abstellte. Immerhin galt Zäck als einer der Favoriten für den Wettkampf am nächsten Tag und ich vermutete zuerst Autogrammjäger. Als ich jedoch näher kam, hörte ich Gelächter und erkannte, dass die Aufmerksamkeit der Umstehenden eigentlich einem wahren Novum innerhalb einer solchen Veranstaltung galt. Genau zwei Meter gegenüber des Platzes, an dem Jürgen Zäck sein Edelbike im Wert von circa 10 000 Euro abgestellt hatte, stand nämlich ein Hollandrad mit Picknickkorb. Auf meine Frage an den Leiter in der Wechselzone, welcher Helfer denn versehentlich sein Fahrrad vergessen habe, grinste der nur und erklärte mir, dass dieses Hollandfahrrad einer gewissen Petra B. gehöre und die Dame für das Profifeld gemeldet sei.

Einen größeren Unterschied als zwischen den Rädern von Vollblutprofi Jürgen Zäck und Petra B. aus Nidderau kann man sich schwer vorstellen. Es folgte alsbald eine heftige Diskussion in unserem internen Kreis darüber, ob wir der jungen Frau den Start nicht verweigern sollten, denn es würde mit einem solchen Sportgerät eventuell der Wettkampfcharakter gestört. Ich entschied am Ende, dass wir alles so belassen, wie es ist. Petra B. aus Nidderau konnte am nächsten Tag an den Start gehen und die Radstrecke des IRONMAN Germany mit ihrem Hollandfahrrad in Angriff nehmen. Dass sie den Wettkampf nicht in der Wertung beendete, sehe ich als nebensächlich an. Die Athletin hatte uns in der Tat alle überrascht und – je nach Sicht der Dinge – einige zum Schmunzeln gebracht und anderen ein ungläubiges Kopfschütteln bereitet.

Die Startpistole

Unser erster Renndirektor, Martin Koller aus der Schweiz, überreichte mir frühmorgens am Wettkampftag des 18. August 2002 die Pistole, aus welcher der Startschuss für den ersten IRONMAN Germany abgefeuert werden sollte. Diese Pistole sollte ich dem hessischen Ministerpräsidenten Roland Koch bei seiner Ankunft am Langener Waldsee in die Hand drücken, damit Koch dann den Schuss abgeben konnte. Ich trug die Pistole verdeckt unter meiner Jacke. Als der Ministerpräsident, begleitet von seinen Personenschützern, um kurz nach sechs am Langener Waldsee eintraf, wollte ich ihm die Pistole eigentlich ganz unspektakulär und unauffällig überreichen. Dies misslang mir gründlich. Vielleicht auch deshalb, weil ich über mein Ohrtelefon sehr viele Meldungen über Staus auf den Zufahrten hören musste. Jedenfalls vergaß ich in der Aufregung die unauffällige Übergabe der Waffe. Stattdessen zog ich wie im Wilden Westen den Colt blitzartig aus meiner Jackentasche und richtete ihn in Richtung des Ministerpräsidenten. Zwei Personenschützer wurden kreidebleich, die beiden anderen umarmten mich sofort »freundlich«. Alles geschah in Sekundenbruchteilen und löste sich ebenso rasch durch ein entspanntes Lachen aller Beteiligten in Wohlgefallen auf. Roland Koch kommentierte den Vorfall relativ trocken: »Jetzt ist mir klar, dass im Triathlon die Verantwortlichen mit Waffen wenig zu tun haben.«

Stimmt, im Triathlon geht es ums Schwimmen, Radfahren und Laufen. Schießen ist keine Disziplin.

Der Palmenklau

Bei großen Sportevents ist die Diebstahlrate nicht gerade niedrig. Meist betreffen die Delikte jedoch Kleinteile; so war es eigentlich auch immer beim IRONMAN in Frankfurt. Allerdings hebt sich eine Diebstahlgeschichte etwas von den sogenannten Kleinteilvorkommnissen ab. Im Zielbereich des Frankfurter Römerbergs hatten wir wie jedes Jahr über 100 hochwertige und hochgewachsene Palmen aufgestellt. Damit wollten wir ein Hawaii-Feeling erzeugen. Diese Palmen lieferte uns Jahr für Jahr eine Großgärtnerei am Tag vor dem Rennen. Einen Tag nach dem IRONMAN holten sie das dekorative Grün wieder ab.

2007 erreichte mich am Montagvormittag nach dem Wettkampf der aufgeregte Anruf eben jenes Großgärtners. »Alle Palmen sind komplett weg!«, rang der Mann um Fassung.

Ich setzte mich mit den Verantwortlichen unserer Sicherheits- und Bewachungsfirma in Verbindung und nahm Kontakt zur Polizei auf. Nach einigen Recherchen stellte sich heraus, dass eine dreiste Diebesbande mit einem präparierten Lastwagen alle Palmen eingesammelt hatte, und das rund drei Stunden bevor der von uns beauftragte Großgärtner auf dem Römerberg eintraf. Die Diebe hatten einen Lkw benutzt, der die gleiche Firmenaufschrift trug wie der Lastwagen unseres Großgärtners. Und die Verladeaktion erfolgte stellenweise sogar unter tätiger Mithilfe der Sicherheitsfirma und unter den Augen der anwesenden Verkehrspolizei. Jedenfalls tauchten die gestohlenen Palmen nie wieder auf. Den Schaden von rund 30 000 Euro beglich die Versicherung. Ab 2008 aber übernachtete der Großgärtner in seinem Lkw direkt neben dem Römerberg. Sicher ist sicher.

Das Olivenöl

Von den vielen unvorhergesehenen Ereignissen, die uns in all den Jahren immer wieder vor Herausforderungen stellten, fällt mir eine Begebenheit ein, die man durchaus unter der Rubrik »Houston, we have a problem« einordnen kann.

2006 erreichte mich, kurz bevor der erste Mann das Ziel erreichen sollte, eine Nachricht aus dem Athletengarten. Dort war trotz bereits mehrstündiger Suche kein Massageöl aufzufinden. Dieses Massageöl war aber notwendig, um die beanspruchten

Muskeln der Teilnehmer durch fachkundige Physiotherapeuten wieder auf Vordermann bringen zu können. Ich war mir aber sicher, dass wir 500 Liter Massageöl von unserem Sponsor geliefert bekommen hatten. Nur nutzte mir dieses Wissen in diesem Augenblick wenig, denn das Öl war im Bermudadreieck zwischen Römerberg, Rathaus und Paulsplatz auf Nimmerwiedersehen verschwunden. Es musste also eine schnelle Lösung her. Gott sei Dank hatten wir einen unkonventionellen Einfall. Wir telefonierten alle Pizzerien in Frankfurt ab und fragten, ob diese uns literweise Olivenöl geben könnten. Nicht nur jede Pizzeria half uns aus der Patsche, sondern vor allem auch die Polizei. Die holte von jeder Pizzeria das entsprechende Olivenöl mit ihren Einsatzfahrzeugen ab. Am Ende hatten alle Physiotherapeuten Öl und konnten die geschundenen Körper der Athleten bestens behandeln. Nur der Duft im Athletengarten war an diesem Tag ein anderer als sonst. Es roch nicht nach Kampfer, sondern eher olivig südländisch. Die unauffindbaren 500 Liter original Massageöl tauchten dann am Tage nach dem Wettkampf in einem Container wieder auf. Gut versteckt hinter Ablageplanen, wo am Tag zuvor keiner nachgeschaut hatte.

Der Wasserrohrbruch

Es fing damit an, dass ich 2007, anders als sonst, in der Nacht vor dem Frankfurter Rennen nicht zu Hause übernachtete. Ich schlief in unserem Race-Hotel, einem Fünfsternehaus in Frankfurt. Ich traf dort kurz nach Mitternacht ein und wollte mich eigentlich nur für drei Stunden zum Kurzschlaf hinlegen. Es sollte ein extrem erschwerter Schlaf werden. Die Zimmertür ließ sich nicht durch die codierte Karte öffnen, die ich an der Rezeption erhalten hatte. Nach meiner Reklamation übergab der Empfang mir eine neue Codekarte für mein Zimmer. Ich hatte aber auch mit dieser Karte kein Glück beim Öffnen meines mit fünf Sternen dekorierten Schlafparadieses. Also fuhr ich mit dem Aufzug wieder runter zur Rezeption, und diesmal begleitete mich der Concierge persönlich nach oben, in seiner Hand eine sogenannte Generalcodekarte. Mit diesem Allesöffner öffnete sich dann auch die Tür zu dem Zimmer, das meines sein sollte, was sich aber innerhalb von Sekundenbruchteilen als fataler Irrtum herausstellte. Ein nackter Mann schrie wie wild auf Englisch auf und sprang dem Concierge entgegen, hinter dessen Rücken ich mich befand. Ich sah eine ebenso nackte Frau hinter dem Rücken des erregten Gastes.

Dem Concierge war die Situation mehr als peinlich. Sich eifrig entschuldigend, schloss er die Zimmertür wieder von außen.

Ich bekam dann letzten Endes um kurz nach ein Uhr nachts eine Zimmercodekarte ausgehändigt, die mir die Tür zu einem schönen Zimmer öffnete, in dem sich keine anderen Gäste befanden. Eigentlich hatte ich nun genug Pleiten, Pech und Pannen erlebt, zumal mir nur noch zwei Stunden Schlaf blieben. Ich entschied mich, eine Dusche zu nehmen, und ging ins Badezimmer. Doch trotz mehrmaliger Versuche brachte ich keinerlei Wasser zum Fließen. Voller Verzweiflung glaubte ich schon, dass ich wahrscheinlich unfähig war, die Wasserzufuhrtechnik eines Fünfsternehauses zu verstehen. Trotzdem entschloss ich mich für einen Anruf an der Rezeption. Es dauerte unendlich lange, ehe sich eine Stimme am Telefon meldete. Bevor ich erklären konnte, was mein Problem war, sagte mir die weibliche Rezeptionsstimme, dass sich vor Kurzem im Hotel leider ein Wasserrohrbruch ereignet habe und man nicht sagen könne, wie lange die Reparatur dauere.

Jetzt war mir endgültig klar, dass der klägliche Rest dieser Nacht für mich nicht mehr schlimmer werden konnte. Ich plünderte die Minibar. Aber nicht, um mich am Whiskey zu vergreifen, sondern um sämtliche Wasserflaschen zu nutzen und mich mit dieser Menge an edlen Tropfen einigermaßen frisch zu machen. Dies gelang mir dann auch, und anschließend habe ich immerhin für etwas mehr als eine Stunde schlafen können. Eine Ganzkörperdusche erhielt ich am nächsten Morgen. Zwar nicht im Hotel, sondern kurz nach dem Start des Wettkampfes, als der Himmel seine Schleusen öffnete und mich auf natürliche Weise abduschte.

Die grünen Bananen

Für einen Wettkampf wie den IRONMAN Germany in Frankfurt haben wir als Athletenverpflegung während des Rennens jedes Jahr rund 10 000 Bananen bestellt. Die Anlieferung erfolgte durch einen Obstgroßhändler, der die gelben Energiespender gut verpackt zu unserem Lager in die Eissporthalle nach Frankfurt brachte. Diese Abwicklung funktionierte immer reibungslos. Nur nicht im Jahr 2008. Eigentlich durch Zufall und einer inneren Stimme folgend besuchte ich in diesem Jahr am Samstagmorgen vor dem Rennen unser Lager in der Eissporthalle und sah dort die Mengen gestapelter Kisten mit den bewussten Bananen. Irgendwie überfiel mich der Appetit, eine dieser Bananen zu essen, und ich öffnete eine der Kisten. Was ich dann in die Hände bekam, entsprach farblich eher einer Gurke als einer Banane und es schmeckte auch entsprechend, sofern man überhaupt von Geschmack sprechen konnte.

Ich ließ sofort von unseren Helfern alle Kisten und Verpackungen öffnen. Zu unser aller Entsetzen schimmerten sämtliche Bananen in einem satten Grün anstatt im bekannten Gelb. Der Händler hatte den falschen Reifegrad angeliefert, und dieser Fehler war bis zu diesem Moment nicht bemerkt worden. Wenn wir diese Bananen am nächsten Tag den Teilnehmern während des Rennens gereicht hätten, wären viele Sportler von schlimmen Magenverstimmungen befallen worden. Eine Ersatzlieferung mit reiferem Obst war in dieser Menge und in der Kürze der Zeit nicht mehr möglich, und so blieb uns nichts anderes übrig, als alle Bananen auszupacken und im weiten Außenbereich unseres Lagers in die Sonne zu legen und mehrmals zu wenden. Das Außengelände unseres Lagers glich nun einer Bananenplantage. Zum Glück lief der Sommer an diesem Tag zur Hochform auf. Die Sonne und viele Dutzend Hände unserer freiwilligen Helfer sorgten dafür, dass innerhalb von Stunden aus dem üblen Grün die für den Verzehr wichtige gelbe Färbung wurde.

Ein Zufall, vielleicht auch meine innere Eingebung, hat uns damals vor einer schlimmen Überraschung bewahrt. Es war aber auch ein Erlebnis, das mir wieder zeigte, welch großartiges Helferteam ich gefunden hatte. Es waren Frauen und Männer, die sich ohne Murren stundenlang im Bananendrehen übten, um die Verpflegung der Athleten am nächsten Tag zu gewährleisten.

Die abgestellten Pferde

Als ich 2002 in den Monaten vor dem ersten IRONMAN Germany in Frankfurt auf meiner einer Mission gleichenden Tour durch Bürgermeisterstuben und Landratsbüros unterwegs war, hatte ich auch das Vergnügen, auf den Landrat des Hochtaunuskreises zu treffen. Jürgen Banzer präsentierte sich zwar nach außen als sehr sportbegeisterter Mann, seine Leibesfülle glich aber eher der eines japanischen Sumoringers. Ich musste damals diesem sehr netten und eigentlich auch meinem Plan gegenüber aufgeschlossenen Politiker klarmachen, dass die Radstrecke durch Bereiche seines Landkreises führen soll und wir deshalb für einige Stunden eine Vollsperrung der jeweiligen Streckenabschnitte benötigten.

Nachdem der Landrat zunächst vollkommen entsetzt war über meinen Wunsch, konnte ich ihn im Laufe eines langen Gesprächs von der Notwendigkeit einer Straßensperre überzeugen, wohl auch, weil der hessische Innenminister, ein Parteifreund, mir ein Empfehlungsschreiben mitgegeben hatte.

Zum Schluss des Gesprächs im Landratsamt wurde es dann sogar noch lustig: Einmal zur Mithilfe bereit, fragte mich der Landrat, was er denn sonst noch für uns tun könne. Und eines wolle er sowieso schon lange wissen: »Wo stellen denn die Athleten ihre Pferde ab?«

Ich erklärte ihm mit viel Diplomatie, dass er wohl die Sportart verwechselt habe, denn der Triathlon finde nicht hoch zu Ross statt.

Der Landrat war sichtlich erleichtert, hatte er doch angenommen, dass seine Straßen nicht nur von den Radathleten blockiert würden, sondern auch noch von Wettkämpfern, die im Galopp über die Teerbänder des Landkreises preschten. Fazit: Sollte mir mit dem IRONMAN Germany ansonsten nicht viel gelungen sein, so war es mir wenigstens vergönnt, einem gewichtigen Politiker klarzumachen, dass der Triathlet für seinen Wettkampf kein Pferd benötigt.

Der Kammmolch

Im Jahr 2006 bereitete uns eine ganz besondere Spezies Kopfzerbrechen. Sie ist circa 20 cm groß und hört auf den lateinischen Namen Triturus cristatus, zu Deutsch: Kammmolch.

Nur wenige Tage vor dem Start zur fünften Auflage des IRONMAN Germany erreichte mich im Büro ein Anruf von der Naturschutzbehörde des Kreises Offenbach. Die Sprecherin teilte mir mit, dass wir aufgrund eines plötzlich entdeckten Aufkommens von mehreren Kammmolchkolonien im Langener Waldsee auf keinen Fall unseren Schwimmstart zum IRONMAN wie geplant dort abwickeln könnten.

Zuerst dachte ich an einen verspäteten Aprilscherz und erklärte der Dame am Telefon humorvoll, dass ich gern bereit wäre, die Molche täglich zu füttern, um diese für IRONMAN wohlgesinnt zu stimmen.

Diesen Scherz empfand sie aber nicht als solchen und belehrte mich anschließend mit ernster Stimme, dass die Populationsphase dieser Molche auf keinen Fall gestört werden dürfe und wir uns gefälligst einen anderen Start suchen sollten.

So war das also: Die eingewanderten Molche wollten und sollten ungestört Sex haben und wir von IRONMAN mussten uns nun sputen und innerhalb weniger Tage eine komplett neue Schwimmstrecke entwerfen mit einem Start an anderer Stelle. Dies gelang uns dann auch. Unter Einsatz von viel Hirnschmalz erstellten wir in wenigen Tagen einen komplett neuen Schwimmstreckenverlauf. Die Molche blieben dadurch in und bei ihrem Lustempfinden ungestört, und die Dame der Naturschutzbehörde war auch zufrieden …

Der Saunaclub

Als ich vor dem ersten IRONMAN Germany in Frankfurt 2002 in den finalen Abstimmungsgesprächen mit den zuständigen Polizeibehörden war, erfuhr ich von den dort teilnehmenden Beamten, dass es in Bezug auf unsere Radstreckenführung einen etwas delikaten Streckenteil im Bereich von Burggräfenrode gebe, so die Aussage der Beamten.

Auf meine Nachfrage, was denn mit dem Wort »delikat« gemeint sei, erklärte mir dann der leitende Polizeibeamte, dass sich in diesem speziellen Bereich ein sogenannter FKK-Saunaclub direkt an der Radstrecke befinde.

Ich war zunächst verblüfft ob dieser Tatsache, gleichwohl war mir noch nicht bewusst, was daran delikat oder relevant für unseren Wettkampf sein sollte.

Ich wurde dann von der Polizei aufgeklärt, dass die eventuelle Kundschaft, die diesen Saunaclub an unserem Wettkampftag aufsuchen möchte, dies nicht tun könne, da ja die Radstrecke komplett für den Automobilverkehr gesperrt sei.

Auf meinen Einwand, dass an einem Sonntagvormittag wohl kaum jemand einen solchen Club aufsuchen werde, entgegnete mir die Polizeiführung, dass es aber trotzdem besser wäre, wenn ich den Betreiber dieses Clubs von der Vollsperrung und den entsprechenden Behinderungen persönlich informieren würde.

Dies sagte ich zu; ich war mir sicher, hier keine besonderen Schwierigkeiten oder Überraschungen zu erleben.

Also machte ich mich einige Tage später auf den Weg zu diesem Saunaclub. Ich klingelte an der Eingangstür des pompös im römischen Stil erbauten Eingangsbereiches. Es dauerte eine kleine Weile, bevor diese Tür sich öffnete. Irgendwie kam ich mir beobachtet vor, denn eine Kamera surrte leicht hörbar über meinem Kopf an der Außenwand. Ich betrat nun diesen Tempel der freien Lust und ging zum Empfang, wo mich hinter einem Tresen eine mit reichlich Metallschmuck behängte Empfangsdame anlächelte. Sie fragte mich zuerst, ob ich schon einmal Gast gewesen sei, was ich verneinte. Bevor ich zu Worte kommen konnte, erklärte sie mir dann, dass ich nun bitte 60 Euro Eintritt zahlen möge, und dann weiter, dass die Arrangements mit ihren Damen – so ihre Aussage – separat zu bezahlen seien, je nachdem, welche Wünsche ich hätte.

Nun gut, danach kam ich endlich zu Wort und sagte der Empfangsdame, dass ich eigentlich bitte nur den Geschäftsführer des Hauses sprechen wolle.

Daraufhin runzelte sie die Stirn, und urplötzlich tauchte ein muskelbepackter Zweimetermann hinter ihr auf. Dieser ganz in eine schwarze Ledermontur gekleidete Bursche hatte eine finstere Miene. Das Einzige, was bei ihm glänzte, war sein kahler Kopf.

Ich blieb ruhig, ließ mich von dem bizarr anmutenden Szenario nicht beeindrucken und wiederholte meinen Gesprächswunsch.

Die beiden teilten mir dann unisono und fast in Stereo mit, dass dieser gerade im Ausland sei und was ich überhaupt von ihm wolle, ich könne dies sicher auch hier und jetzt sagen.

Im Angesicht des belederten Zweimetermanns wollte ich keine weiteren überflüssigen Diskussionen aufkeimen lassen und erklärte der Dame und dem Muskelmann, dass in einigen Wochen die Radstrecke des IRONMAN direkt an ihrem Haus vorbeiführen würde und die Straße für einige Stunden komplett gesperrt sei.

Kaum hatte ich das ausgesprochen, flötete in meinem Rücken eine andere weibliche Stimme, dass dies ja heftig sei und wer für ihren Verdienstausfall aufkommen würde.

Ich drehte mich um, denn ich hatte die Frau hinter mir vorher nicht bemerkt. Was ich nun sah, war eine junge hübsche Frau mit nackten Brüsten, einem sehr knappen Slip und extrem hochhackigen und langen Lederstiefeln. Ich ließ mir meine Verwunderung nicht anmerken und fragte die hübsche Frau einfach, welche Art von Verdienstausfall dies sei. Dann erklärte ich, dass ich mir nicht vorstellen könne, wie ein solcher an einem Sonntagvormittag entstehen könne.

Sie erklärte mir daraufhin, dass sonntagvormittags mit das beste Geschäft für sie und ihre Kolleginnen laufen würde, denn dann sei in den umliegenden Gemeinden die Kirchgangszeit, was wiederum viele ihrer Stammgäste zum Besuch des Hauses nützen würden.

Meine Verwunderung stand mir nun anscheinend doch ins Gesicht geschrieben. Ich hörte die junge hübsche Frau sagen, dass ich gern mal die Probe machen könne und sie und ihre Kolleginnen zu allem bereit seien.

O, là, là!, mir wurde nun doch ein wenig anders. Vor mir die wie ein Weihnachtsbaum geschmückte Empfangsdame und an ihrer Seite der nun auf einmal breit grinsende Muskelprotz und nur wenige Zentimeter neben mir zwei Brüste auf hochhackigen Stiefeln mit verlockender Stimme. Ich entwand mich dann aber geschickt aus dieser schon sehr engen Position und sagte, dass man ja überlegen könne, an dieser Stelle der Radstrecke eine Verpflegungsstation für die Athleten zu platzieren und dass diese Athleten allesamt durchtrainierte und gestählte Burschen seien. Natürlich hatte ich das nicht ernsthaft vor, der Vorschlag verschaffte mir aber die Chance auf einen geordneten Rückzug aus diesem ehrenwerten Haus.

Ich hörte beim Hinausgehen die halbnackte, hübsche Frau noch trällern: Gut gebaute, junge, männliche Körper seien ihr allemal lieber als dicke und alte Ackerpferde und dass man sich Mühe geben würde, die Sportler richtig gut zu behandeln.

Was immer die Frau damit wohl gemeint haben mag, es wurde jedenfalls keine Verpflegungsstelle an diesem Bereich der Radstrecke errichtet. Allerdings erfuhr ich von unseren Streckenkommissaren, dass am Renntag an dieser Stelle leicht bekleidete junge Damen den Athleten zugewunken und sie zum Aufenthalt eingeladen hätten.

Ich erzählte mein Erlebnis damals meinem damaligen Renndirektor Martin Koller, und dieser meinte dazu mit seinem trockenen, puritanisch Schweizer Humor, dass man ja diesem Radabschnitt den Namen »sündige Meile« auf der Streckenkarte verpassen könne. Aber dazu kam es nicht. Im folgenden Jahr änderten wir die Radstreckenführung leicht, und der

Saunaclub lag von da an nicht mehr im Streckenbereich des IRONMAN Germany.

Besuch des damaligen WTC-Präsidenten zur IRONMAN-Germany-
Premiere 2002. Lew Friedland (rechts) steht bei Kurt Denk.

Der jetzige Hessische Ministerpräsident Volker Bouffier im
informellen Gespräch mit Kurt Denk

Das Lächeln einer starken Frau: Ines Denk (links) freut sich in der Wiesbadener Staatskanzlei über den Hessischen Verdienstorden für ihren Mann. Ministerpräsident Roland Koch (rechts) hat derweil seine Freude mit Oliver Denk (Mitte).

Hohe Auszeichnung: Kurt Denk (rechts) erhält 2010 aus den Händen von Ministerpräsident Roland Koch den Hessischen Verdienstorden.

Partystimmung bis tief in die Nacht: Auf dem Römerberg in
Frankfurt am Main werden auch die letzten IRONMAN-Athleten
gefeiert, wenn der längste Tag für sie zu Ende geht.

**Kurt Denk beim
Ironman Germany
2009, im Bereich des
Radstreckenabschnittes
"The Hell"**

Die Außerdem-Themen

Mein Lieblingsprofi und mein Wettkampf-Highlight

Von allen Profiathleten, mit denen ich in fast zehn Jahren bei den IRONMAN-Germany-Rennen zu tun hatte, hat Stefan Holzner bei mir den bleibendsten Eindruck hinterlassen. Nicht nur, weil er der einzige Athlet ist, der den IRONMAN Germany in Frankfurt zweimal hintereinander gewinnen konnte (2003 und 2004), sondern auch, weil der Bad Reichenhaller sportlich und auch menschlich ein ganz Großer dieser Sportart war. Gerade Letzteres wird leider in der Öffentlichkeit nicht immer bemerkt. Bei Stefan Holzner hatte ich immer das Gefühl, dass er auch in den Momenten seiner größten Erfolge geerdet und sehr natürlich geblieben ist. Ähnlich positive Eigenschaften sind mir auch bei Faris Al-Sultan, Thomas Hellriegel, Timo Bracht, Normann Stadler, Andreas Raelert, Sebastian Kienle und Nicole Leder aufgefallen. Aber Stefan Holzner war nach meiner Einschätzung ein richtig starkes Aushängeschild für diesen Sport. Insgesamt fünf Triumphe bei IRONMAN-Rennen untermauern das. In meinen Augen hat er sich in 2006 leider einige Jahre zu früh aus dem Triathlon verabschiedet.

Von sämtlichen IRONMAN-Germany-Wettkämpfen in Frankfurt und Wiesbaden ist mir ein Rennen in besonders starker Erinnerung geblieben. Es war das Kopf-an-Kopf-Rennen, das sich Nicole Leder und Andrea Brede am 1. Juli 2007 beim Zieleinlauf auf dem Frankfurter Römerberg lieferten. In einem packenden Zielsprint setzte sich Leder mit lediglich fünf Sekunden Vorsprung vor Andrea Brede durch. Nach über neun Stunden harter Leistungen und enormer

Anstrengungen trennten die beiden Sportlerinnen eine Handvoll Sekunden. Was für eine Dramatik auf dem Römerberg! Ein solches Finale hat es bis zum heutigen Zeitpunkt kein zweites Mal mehr bei einem IRONMAN-Wettkampf gegeben. Aber beide Sportlerinnen sind nicht nur deshalb in meiner persönlichen »Wettkampf-Hall-of-Fame«. Beide Athletinnen überzeugen auch durch ihren Charakter. Sie haben immer ein Herz für die Fans und gehen auf die Zuschauer zu. Mit Offenheit und voller Nahbarkeit. Damit sind beide beste Botschafterinnen des Triathlons und helfen ihrem Sport, in der Öffentlichkeit eine stärkere Beachtung zu finden.

Quo vadis, Triathlon? Oder auch: Der Weg weg vom Rand

Als ich 1994 – angeregt durch meinen Freund Herbert Steffny – in Kona auf Hawaii erstmals mit dem Triathlon in Berührung kam, war die Sportart in Deutschland eher der Rand einer Randsportart und mehr oder weniger nur Insidern bekannt. Insofern hat sich im Vergleich von damals zu heute vieles rasant und auch zum Positiven verändert. Der Weg führte weg von der mehr oder weniger kuscheligen Lagerfeuerromantik der Anfangsjahre und hin in das Licht einer breiteren Öffentlichkeit. Die Sportart wurde in Deutschland insbesondere auch durch die IRONMAN-Wettkämpfe der späten 1990er-Jahre in Roth wesentlich populärer und somit auch in Ansätzen dem Normalbürger nähergebracht. Doch den kräftigsten Schub erfuhr der Triathlon mit dem ersten Start von IRONMAN Germany in Frankfurt am Main im Jahr 2002. Dies gilt sowohl für die Popularität und die Wahrnehmung der Sportart als auch für die Attraktivität unter den Sporttreibenden selbst. Die Neueinsteiger bescherten dem

Triathlon einen Boom. Bis zu diesem Zeitpunkt fanden die meisten Triathlonveranstaltungen mehr oder weniger auf der grünen Wiese oder in einem eher ländlichen Umfeld statt. Frankfurt war damals aber ein anderes Kaliber und eine andere Herausforderung: Zum ersten Mal konnten die Triathleten ihren Sport inmitten einer Großstadt und vor den Augen Hunderttausender Neugieriger präsentieren. Das große Bevölkerungspotenzial des Rhein-Main-Gebiets bescherte dem Triathlonsport einen gewaltigen Zulauf und wirkte wie eine Blutauffrischung. Mit dem Start des IRONMAN Germany in Frankfurt erlebte der Triathlon ab dem Jahr 2002 einen Quantensprung an Teilnehmerzahlen. Aber auch die Zuwendungen aus der Wirtschaft wuchsen und die Aufmerksamkeit der Medien schnellte nach oben. Befeuert wurde diese Aufmerksamkeit auch durch eine einsetzende Polarisierung, die sich aus der Konkurrenz zwischen Frankfurt und Roth heraus entwickelte. Diese Polarisierung wirkte sich sehr positiv aus, sowohl für den neuen Wettkampf in Frankfurt als auch für die Traditionsveranstaltung in Roth. Diese Verstärkung von Meinungs- und Auffassungsunterschieden wirkte zumeist anregend für den Triathlon. Sie bot den Medien zudem Stoff für die Berichterstattung. Kurzum: Ich empfinde auch rückblickend die sich durch das Konkurrenzverhältnis abzeichnende Polarisierung zwischen Roth und Frankfurt als sehr produktiv und antreibend. Hinter den Kulissen und jenseits des Pulverdampfes, den die wortgewaltige Propaganda zu erzeugen wusste, war ich mir aber mit dem damaligen Rother Veranstaltungskollegen Detlef Kühnel immer darüber im Klaren, dass Wortgefechte niemals die persönliche Achtung für unser Gegenüber und dessen Arbeit beeinträchtigen sollten. Diesen Grundsatz des gegenseitigen Respekts haben wir (Detlef Kühnel und ich) uns immer bewahrt und er wird auch in der Zukunft Bestand haben.

Die Zeit der Stille

Es begann ganz harmlos, in einem Augenblick voller Unbeschwertheit und Glück, und es mündete in einer Zeit der Stille und bedrückenden Dunkelheit. Doch alles der Reihe nach. Am 21. April 2012 hatte ich mit meinem 14-jährigen Sohn Oliver einen wundervollen Skitag in Hintertux auf dem dortigen Gletscher erlebt. Wir waren gemeinsam stundenlang bei strahlendem Sonnenschein im unverspurten Tiefschneegelände unterwegs gewesen. Der Spätwinter hatte uns und allen anderen Skifahrern in den Regionen oberhalb von 2500 Metern ideale Voraussetzungen bereitet: 30 Zentimeter Neuschnee bei Temperaturen von minus zehn Grad. Das Herz hüpfte vor Freude beim Blick auf die verschneiten und unberührten Hänge. Einen besseren Abschluss des Skiwinters kann man sich kaum vorstellen. Es war die Erfüllung aller Wünsche.

Als ich mich abends in unserem Berghotel rasierte, fiel mir ein kleiner Knoten im Bereich meiner rechten Halsschlagader auf, knapp unterhalb des Kinns. Dieser Knoten war weich und sein Durchmesser betrug etwas weniger als ein Zentimeter – ungefähr so groß wie ein Hemdknopf. Ich hatte dieses kleine Ding vorher noch nie bemerkt. Ich tastete den Knoten ab, spürte keinerlei Schmerz oder Druck. Er bewegte sich beim Berühren leicht und war wirklich nicht besonders groß. Ich dachte, dass ich mir vielleicht eine Erkältung zugezogen hatte und die Lymphbahn dadurch etwas abgesondert haben könnte. In den Folgetagen begutachtete ich dieses Gebilde immer wieder genau. Es ergab sich aber keinerlei Veränderung, keine Vergrößerung und auch keinerlei Schmerz beim Berühren. Allerdings verschwand dieser kleine Knoten auch nicht. Nach meiner Rückkehr vom Skifahren begab ich mich in der

Folgewoche zu meinem Hausarzt in Maintal. Ich bat ihn, sich dieses kleine Gebilde näher anzusehen und zu beurteilen. Er nahm eine Ultraschalluntersuchung von der Stelle an meinem Hals vor und teilte mir mit, dass es sich wahrscheinlich um eine Zyste handle. So etwas werde sich meist nach zwei bis drei Monaten auflösen, hörte ich den Doktor sagen. Sollte es nach diesem Zeitraum immer noch vorhanden sein, möge ich mich wieder melden, um dann eine eventuelle operative Entfernung zu besprechen. Mit dieser Mitteilung war ich zunächst beruhigt und entspannt.

In den folgenden Tagen beschlich mich aber beim Betrachten dieses Knubbels immer öfter ein ungutes Bauchgefühl und ich beschloss, die Frankfurter Universitätsklinik anzurufen. Für den 4. Mai bekam ich einen Termin beim Chefarzt der Hals-Nasen-Ohren-Klinik, Professor Timo Stöver. Dieser machte an der betreffenden Stelle meines Halses zunächst ebenfalls eine Ultraschalluntersuchung und teilte mir anschließend mit, dass es sich wohl um eine Zyste handeln könne. So weit die Analogie zur Aussage meines Hausarztes. Allerdings fuhr der Professor in seiner Bewertung mit einem entscheidenden Satz fort: »Das Ding gehört dort aber nicht hin und sollte umgehend entfernt werden.« Leicht geschockt fragte ich ihn, was er genau meine und wie das Entfernen vonstatten gehen könne. Der Professor erklärte mir daraufhin, dass er in einer circa zweistündigen Operation das Gebilde wegschneiden werde, und informierte mich gleichzeitig auch über die eventuellen Risiken eines solchen Eingriffs unmittelbar an der Halsschlagader. Diese Risiken reichten in der schlimmsten Version bis zur halbseitigen Oberkörperlähmung, eben aufgrund der direkten Nähe von der Halsschlagader zum notwendigen Schnittbereich. Nach all dem, was ich jetzt gehört hatte, überkam mich das Gefühl, im falschen Film zu sitzen. Zu diesem Zeitpunkt konnte ich nicht ansatzweise ahnen, dass es nur der falsche

Vorfilm war. Ein wesentlich üblerer falscher Hauptfilm sollte mich noch erwarten.

Meine Gedanken kreisten um lange geplante Termine mit meinen Surffreunden. Die Eröffnung der Windsurfsaison am Roten Meer war für Anfang Juni geplant. Zusehends beschlich mich die Befürchtung, diese Termine wegen des operativen Eingriffs nicht wahrnehmen zu können. Ich ahnte nicht, dass ich bald wesentlich mehr Termine nicht mehr würde wahrnehmen können und dies noch das kleinste aller Probleme darstellen sollte.

Zurück im Augenblick teilte mir Professor Stöver mit, dass ich bei normalem Verlauf des Eingriffs meine Surfpläne bereits wieder nach einer dreiwöchigen Regenerationsphase verwirklichen könne. Diese Aussage stimmte mich hoffnungsvoll und ich vereinbarte den Operationstermin schnellstmöglich, nämlich für den 10. Mai 2012.

Mein Verhältnis zu Krankenhäusern möchte ich als bis dato nicht vorhanden bezeichnen. Selbst meine Geburt fand anno 1949 im Wohnzimmer statt und das Auskurieren von Verletzungen oder Erkrankungen verlief meist ohne Klinik. Entsprechend hoch war nun meine Motivation für den 10. Mai. Allerdings stand da ja noch die Aussage des Professors im Raum:»Das Ding gehört dort nicht hin.«

Was immer dieser Satz auch zu bedeuten hatte, ich lag nun also an diesem Tag im Mai, morgens um 7.30 Uhr, auf dem OP-Tisch und vertraute auf die operativen Künste des Professors, den ich im Vorgespräch als kompetent, ehrlich und vor allem menschennah kennengelernt hatte. Um 9.30 Uhr erwachte ich aus der Narkose, und alles, was ich als ansatzweise unangenehm verspürte, war ein rund fünf mal acht Zentimeter großes Pflaster an meinem Hals, dort, wo sich vorher der Knoten befunden hatte. Ich verspürte keinerlei Schmerzen, fühlte mich körperlich und mental sehr wohl, und schon zur

Mittagszeit begann ich aufzustehen. Ich packte meine Tasche für die Heimfahrt.

Gegen 13 Uhr kam Professor Stöver in mein Zimmer und teilte mir mit, dass die Operation problemlos verlaufen sei und ich sicher noch nachmittags das Krankenhaus verlassen könne. Ich solle lediglich noch das Ergebnis der vorgenommenen Gewebeanalyse abwarten.

Kurz nach 14 Uhr betrat der Professor wieder mein Zimmer. Er bat mich in sein Besprechungszimmer. Ich folgte ihm, die gepackte Tasche in der Hand und eigentlich nur noch in Erwartung der Entlassungspapiere, die er mir nun wohl überreichen würde.

Im Besprechungszimmer angekommen erklärte mir Professor Stöver noch einmal den komplikationslosen Verlauf der Operation. Dann kam er auf die vorliegende Gewebeanalyse zu sprechen, dem sogenannten pathologischen Schnellschnitt. Falten gruben Furchen in seine Stirn, seine Stimme klang auf einen Schlag besorgt. Nur langsam sprach er, unter anderem den schwerwiegenden Satz: »Die Analyse des bei Ihnen entnommenen Gewebes hat ein Plattenepithelkarzinom festgestellt.«

Ich hörte diesen Satz irgendwie wie durch eine Nebelwand, zerlegte das entscheidende Wort in Sekundenbruchteilen in seine Teile, wobei der Wortteil »Platten« mir harmlos erschien. Der Teil »epithel« sagte mir gar nichts, aber mit »karzinom« wurde mir klar, dass ich hier wohl gleich etwas sehr Schlechtes erfahren würde. Ich fragte trotzdem noch immer etwas naiv in Richtung Professor: »Was ist denn das?«

Seine Antwort war klar und unmissverständlich: »Herr Denk, das ist Krebs.«

Seine Diagnose war für mich so, als wenn ich hörte, dass ich sehr bald sterben werde. Zugleich fühlte ich mich noch immer wie benommen, die Gedanken gefangen in einer Nebelwand.

»Ich verspüre doch keinerlei Schmerz und fühle mich pudelwohl«, sagte ich. Vor zwei Wochen sei ich noch heftig Ski gefahren und in vier Wochen wolle ich meine Surfsaison beginnen und ob denn dieser Befund nun entscheidend sei. Wie ein kleines Kind, das den tiefen Wahrheitsgehalt mancher Worte der Eltern noch nicht zu verstehen vermag, suchte ich nach Gründen, die belegen sollten, dass ich gesund bin. Kerngesund. Vital. Es kann nicht sein, was nicht sein darf, so könnte man wohl die Aussagen in jenen Augenblicken zusammenfassen.

Die Antwort des Professors war frei von Zweideutigkeiten: »Wenn Sie nichts dagegen machen, könnten Sie in einem Jahr tot sein.«

Stövers Worte gaben mir das Gefühl, augenblicklich den Boden unter den Füßen zu verlieren. Freier Fall bis tief ins Innere der Erde.

Die Diagnose sollte der Beginn einer Zeit sein, die ich so beschreiben möchte: Es gibt eine Zeit vor dem Krebs, eine Zeit während der Krebserkrankung und die Zeit nach dem Krebs. Aber keine Zeit ist mehr wie die Zeit vorher. Nach einer solchen Diagnose geht man mental durch eine Tür, die man nie mehr in umgekehrte Richtung durchschreitet. Was mich umtrieb und worüber ich mir pausenlos den Kopf zerbrach, war die Frage: Wie konnte es angehen, dass ein Mensch wie ich, der stets gesund gelebt hatte, sich bewusst ernährt und viel Sport betrieben hatte und der zudem in einem vollkommen glücklichen privaten Umfeld lebte, eine solch überraschende und wie aus dem Nichts auftauchende Krebsdiagnose bekommen? Genau diese Fragen stellte ich Professor Stöver.

Der offenbarte mir, dass ich in der Klinik verbleiben müsse, da man sich gleich am nächsten Tag Klarheit verschaffen wolle, ob und wo sich ein Primärtumor oder weitere Tumore befinden. Um das zu klären, warteten Magnetresonanztomografie (MRT) und Computertomografie (CT) auf mich. Begriffe, die ab jetzt zu meinem täglichen Vokabular zählen sollten und Gedanken an Pulverschnee und Windsurfen brutal aus meinem Hirn schossen.

Die Untersuchung tags darauf dauerte zwei Stunden. Mir wurde dabei ein nukleares Kontrastmittel in meine Venen gespritzt, während ich in den MRT- und CT-Röhren untersucht wurde. Das Kontrastmittel soll an vorhandenen Tumorzellen im Körper andocken und den Ärzten die notwendigen Hinweise liefern, wo sich ein Tumor oder Metastasen befinden. Im Anschluss an die Prozedur wurde ich nach Hause entlassen, nicht ohne den Hinweis, dass ich mich in zwei Tagen wieder in der Klinik einfinden müsse, um das Untersuchungsergebnis zu besprechen.

Es folgten für mich zwei Tage, in denen ich mir unendlich Gedanken darüber machte, wie und wo sich in meinem Körper eventuell noch Tumore befinden könnten. Zwei Tage, in denen ich mich mit meiner Frau und meinem Sohn viel über das ereilte Schicksal unterhielt. Beide versuchten mich aufzumuntern und abzulenken, so gut es eben ging. Ohne ihre wunderbare menschliche Hilfe wäre damals und in der Folge für mich fast nichts möglich gewesen. Es war der Beginn einer dunklen Zeit, über der eine bedrückende Stille lag. Es war aber auch gleichzeitig eine Zeit, welche mir die Erkenntnis lieferte, dass die Familie und die Liebe, die man von dort erhält, selbst der verwundetsten Seele wieder Hoffnung geben können.

Zwei Tage später fand ich mich wieder in der Hals-Nasen-Ohren-Klinik der Frankfurter Universität ein, um das Resultat und eventuelle Folgen der Untersuchungen zu erfahren. Professor Stöver erklärte mir alles sehr ausführlich. Zunächst eröffnete er mir, dass die Untersuchungen keinerlei Metastasen in meinem Körper aufgezeigt hätten. Aber es sei ein Primärtumor von knapp 1,5 Zentimeter Größe im mittleren hinteren Zungengrund entdeckt worden, im auch für geschulte Augen oft versteckten Übergangsbereich von Zunge zum Rachen. Dieser Primärtumor sei der Auslöser für die Ausformung des Knotens an meinem Hals im Bereich der Lymphbahn gewesen. Es gelte nun, diesen Zungengrundtumor zu beseitigen. Stöver fragte mich, ob ich starker Raucher sei oder gewesen sei oder auch dem Alkohol zugetan gewesen sei.

»Ich habe noch nie geraucht und konsumiere maximal einen halben Liter Alkohol pro Jahr«, entgegnete ich. »Warum fragen Sie das?«, wollte ich wissen.

Stöver entgegnete mir, dass über 95 Prozent der von einem Zungengrundtumor Betroffenen starke Raucher seien oder regelmäßig Alkohol in hohem Maße konsumieren. Da aber weder das eine noch das andere auf mich zutreffe, müsse man die Gewebeanalyse nochmals eingehend untersuchen, um eventuelle Grundauslöser darin zu erkennen.

Diese Untersuchung erfolgte innerhalb von 24 Stunden, und es wurde dabei erkannt, dass die wahrscheinliche Ursache für meinen Tumor ein Virus ist, der in sehr seltenen Fällen auch zum Auslöser für einen Zungengrundtumor wird. Zellen dieses Virus habe man in dem von mir entnommenen Gewebe entdeckt.

Ich stand nun vor der Wahl: Welche Behandlungsmethode sollte ich wählen, um den Tumor zu beseitigen und um zu überleben? Die Ärzte zeigten mir zwei Möglichkeiten auf. Die eine war eine Operation, bei welcher der Tumor herausgeschnitten wird. Die andere Option war eine Strahlen-/Chemotherapie über sieben bis acht Wochen. Beide Möglichkeiten waren nicht ohne Risiko und Qualen, aber ein Nichtstun hätte früher oder später meinen Tod zur Folge gehabt. Die Risiken der Operation, die circa sieben Stunden dauern würde, lagen darin, dass beim Herausschneiden des Tumorgewebes aus dem Bereich des Zungengrunds und des Rachens ein gut drei Zentimeter großes Loch entstehen würde. Überdies erfordert dieser

Eingriff einen Luftröhrenschnitt. Das beim Herausschneiden entstehende Loch hätte zur Folge gehabt, dass meine Sprach- und Schluckmöglichkeiten danach für lange Zeit stark beeinträchtigt gewesen wären.

Die Risiken einer kombinierten Strahlen- und Chemotherapie erklärte mir der Direktor der Klinik für Strahlentherapie am Universitätsklinikum Frankfurt, Professor Claus Rödel, und sein Stellvertreter, Privatdozent Christian Weiß. Beide waren von Anfang an sehr offen und ehrlich in der Schilderung des Behandlungsweges und den daraus resultierenden Folgen und Leiden. Sie sagten mir klipp und klar, dass ein sehr steiniger Weg vor mir liegen würde, wenn ich mich für diese Behandlungsmethode entscheiden würde. Freunde von mir, die selbst Ärzte waren und die ich noch am gleichen Tag im Anschluss an die Gespräche in der Uniklinik kontaktierte, rieten mir ohne Ausnahme von einer Strahlen-/Chemotherapie ab. Sie sagten mir, dass diese Therapie ein Weg durch die Hölle werden würde, sollte ich mich entscheiden, ihn zu beschreiten. Für mich stellte sich die Situation emotional nun so dar, als hätte ich die Wahl zwischen Pest und Cholera. Schlimmer noch: Keine dieser Möglichkeiten bot mir die absolute Gewähr, Strick oder Fallbeil wirklich zu entkommen. Diese Gedankenmomente vergisst man nie. Sie haben im Frühsommer 2012 in mir einen Abgrund voller Todesangst aufgerissen, einen Graben ausgehoben, in dem ich in den folgenden Wochen und Monaten gefangen sein sollte und der erst später wieder langsam zugeschüttet wurde.

Es war nicht so, dass die Begegnung mit dem Tod eine neue Erfahrung für mich gewesen wäre. Zweimal schon war ich in meinem Leben in eine Situation geraten, an deren Ende mein Tod durchaus hätte eintreten können. Aber diese beiden früheren Erlebnisse erschienen mir im Angesicht dessen, was mir das Schicksal nun präsentiert hatte, sehr klein und unbedeutend. Doch der Reihe nach:

Im März 1978 wurde ich beim Tiefschneefahren in den Dolomiten von einer Lawine verschüttet und konnte nur mit viel Glück nach 15 Minuten von einem Freund unversehrt aus einem knapp vier Meter hohen Schneeberg geborgen werden. Ein Stück Ski hatte aus dem Schnee herausgeragt. Ein Zentimeter vielleicht, der den entscheidenden Hinweis gab und den Rettern den Weg zum vier Meter tiefer liegenden Lawinenopfer wies. Ein winziges Teil entschied über Leben und Tod. Hätte einer meiner Skier nicht genau an jener Stelle aus dem alles verschlingenden Weiß herausgeragt, der kalte Tod hätte mich damals unweigerlich ereilt.

Auch ein zweites Mal war mir das Schicksal wohlgesinnt: Im Oktober 2007 brach mir beim Windsurfen vor der Insel Maui der Mast. Das komplette Segel-Rigg ging acht Kilometer vom Ufer entfernt verloren. Abgebrochene Teile des Mastes hatten mich erheblich am Oberarm verletzt, ich verlor jede Menge Blut. Über vier Stunden lang versuchte ich bei hohem Wellengang zurück an Land zu paddeln. Und das im Pazifik, wo nicht nur Wasserschildkröten und Delfine ihre Bahnen ziehen, sondern auch Haifische aller Art ihr Revier haben. Blutende Lebewesen, die sich an der Wasseroberfläche bewegen, zählen ohne jeden Zweifel zur bevorzugten Beute der Meeresräuber. Und, Hand aufs Herz, viel hätte ich dem Angriff eines Hais nicht mehr entgegenzusetzen gehabt. Ich war damals in den Gewässern vor Maui für vier Stunden in der natürlichen Nahrungskette ganz oben auf der Speiseliste angesiedelt.

Bei beiden Erlebnissen überkamen mich durchaus auch kurze Momente, in denen mich Gedanken an den Tod bewegten. Sie verflogen aber rasch wieder. Das alles war kein Vergleich zu dem, was ich an Gedanken und Empfindungen von Mitte Mai bis Ende Juli des Jahres 2012 ertragen musste: das Gefühl, den Tod immer neben mir zu spüren. In dieser Zeit war die Todesangst mein unsichtbarer Begleiter.

Nach reiflicher Überlegung und in Abstimmung mit meiner Frau entschied ich mich dafür, den so steinigen Weg durch die Hölle zu wählen, nämlich die Strahlen-/Chemotherapie. Die Operation verwarf ich. Sie barg nach meinem Dafürhalten doch mehr unkalkulierbare Risiken, wenn man bei dieser Krankheit von einer Kalkulation überhaupt sprechen darf. Meine Behandlung begann am 31. Mai mit der ersten von insgesamt 35 Bestrahlungen. Man muss sich diese Prozedur so vorstellen: Man wird fest angeschnallt in eine Röhre geschoben, worin dann für 20 Minuten mit Photonenstrahlen nuklear und punktgenau auf den Tumorherd im Körper gezielt wird. Danach kann man wieder nach Hause fahren. Während dieser Bestrahlungsprozedur spürt man keinen Schmerz, man hört nur das Fiepen des Photonenstrahlers.

Die ersten Tage der Bestrahlung nahmen für mich einen so harmlosen Verlauf, dass ich mich schon fragte, warum man mir einen steinigen Weg und die Bekanntschaft mit der Hölle angekündigt hatte. In einem Anflug von Übermut dachte ich mir sogar schon, dass ich diese Sache hier locker abwickeln würde, denn keinerlei Schmerz oder anderes Ungemach widerfuhr mir; wohlgemerkt, ich rede von den ersten Tagen. Mein Zustand sollte sich aber schnell und heftig ändern.

Am vierten Tag musste ich mich für eine Woche stationär in die Krebsstation der Uniklinik Frankfurt begeben. Die erste Chemotherapie stand an. Ich fand mich morgens um 8 Uhr mit gepackter Tasche in der Onkologie ein und wurde zuerst von einer Krankenschwester ganz freudig begrüßt: »Sind Sie der neue Assistenzarzt?« Die nette Frau war wegen meines noch vom Skifahren gebräunten Gesichts und dem weißen Hemd, das ich trug, zunächst der Meinung, ich gehörte zum ärztlichen Personal.

Schön wär's, dachte ich mir. Ich wusste ja, warum ich zu dieser Zeit an diesem Ort war. Ich erklärte, dass ich Patient sei, und nach dem üblichen administrativen Teil erhielt ich die Zuteilung in mein Krankenzimmer. Mit dem Betreten dieses Zimmers begann für mich die Zeit der Dunkelheit, der Schwere und der Übelkeit. Ich habe bis heute jeden Winkel und jede Tapetenritze dieses an sich schönen Zimmers in mir abgespeichert. Ich glaube, dass sich im menschlichen Hirn die absolut schönen und die absolut schlimmen Empfindungen am tiefsten eingraben. Mich umsorgten die nettesten und kompetentesten Krankenschwestern, die ich mir vorstellen konnte, sowie die fachkundigsten und menschlich liebevollsten Ärzte, die ich mir wünschen konnte. Gleichwohl konnte das professionelle Ambiente nie den Begleiter neben mir richtig vertreiben: die Todesangst. Was mich im Rückblick auf die anstehenden sieben Wochen Dunkelheit aufbaute, war mein sich entwickelnder Wille, unbedingt noch in diesem Jahr auf meinem geliebten Surfboard stehen zu wollen. Tag und Nacht malte ich mir das Bild aus, wie ich mein Segel in den Händen halte und mit dem Surfbrett durch die Wellen gleite. Ein Bild, das mir einem Lichtstrahl gleich den Weg durch die Finsternis wies, in Momenten, in denen ich nur das Tropfen der Chemolösung hörte und in all den endlosen Stunden, in denen mich schlimme Übelkeit heimsuchte. Die Lösung, die durch Infusionen in den Organismus strömt, fließt Tag und Nacht durch den Körper. Ihr Einfallstor ist der Katheter, der in die Venen gelegt wird. Das Mittel, das die Ärzte aus Zweiliterbeuteln quasi rund um die Uhr in meine Venen rinnen ließen, besaß den keineswegs romantischen Namen Cis Platin. Allein der Begriff Platin machte mir deutlich, dass hier kein Honigwasser, sondern eine Art synthetisches Gift durch meine Venen gepumpt wurde.

Irgendwie ging diese erste Woche der stationären Behandlung mit Chemotherapie vorüber – wenngleich sich Stunden wie Tage anfühlten und Tage wie Wochen erscheinen. Die Bestrahlung lief währenddessen parallel zur Chemotherapie weiter.

Auch das Grauen blieb mein fester Begleiter. Ab dem 15. Tag der Strahlenbehandlung musste ich mir eine Magensonde legen lassen. Von diesem Tag an konnte ich nur noch künstlich ernährt werden, denn es war mir unmöglich geworden zu schlucken. Jeder Versuch, etwas Essbares hinabzuwürgen, endete mit dem Gefühl, als wenn ein offenes Messer im Rachen stecken würde. Es war mir unmöglich, diesen Schmerz zu ignorieren. Somit erhielt ich nun für die nächsten sechs Wochen Nahrung aus Beuteln. Aus ihnen floss sie über einen Schlauch direkt in meinen Magen. Ich betrieb trotz all dieser Widrigkeiten täglich Sport, auch um mir ein Gefühl für meinen Körper zu erhalten, der natürlich auch in Mitleidenschaft gezogen wurde und an Muskelmasse verlor. Die leichten Übungen, zu denen ich gerade noch fähig war, lenkten mich von der Übelkeit, den heftigen Halsschmerzen und der Angstbelastung ab. In der sechsten Woche dieses steinigen Weges war ich dann wieder für sechs Tage in stationärer Behandlung, wieder zur Chemotherapie. Diese Woche bot noch eine Steigerung der Misslichkeiten im Vergleich zu all dem, was ich vorher erlebt hatte. Zu Übelkeit und Erbrechen gesellte sich nun noch die nächtliche Schlaflosigkeit hinzu, die meinen Körper ebenfalls arg forderte. Ich wollte aber auch keine Schlaftabletten nehmen, ebenso lehnte ich starke Schmerzmittel ab, denn nach meinem Dafürhalten war es schon heftig genug, was an Giftstoffen 24 Stunden rund um die Uhr in meinen Körper gepumpt wurde.

Die letzten Tage und Stunden der Chemotherapie und Bestrahlung zählt man ganz intensiv herunter, ähnlich einem Maßband, das immer weniger Tage der Knechtschaft verheißt. Als ich am 17. Juli 2012 die Behandlung abgeschlossen hatte, begann zu Hause noch eine Zeit von rund zehn Tagen, in denen mir weiterhin heftiges Erbrechen und ein extrem starker Halsschmerz zusetzten. Es gab dabei Momente, immer nach den heftigen Brechreizanfällen, bei denen ich mich im Spiegel anschaute und mich fragte, ob das Gesicht, das mich anblickt, überhaupt noch das meine ist.

Aber auch diese Phase ging vorüber, und ab Ende Juli, also zwei Monate nach Beginn meiner Chemo- und Bestrahlungsbehandlung, bemerkte ich, dass ich meinen alten Körper täglich quasi millimeterweise zurückbekam. Die vielen Momente des Schmerzes verringerten sich Stück für Stück. Mitte August ließ ich mir dann die Magensonde entfernen. Ab diesem Tag nahm ich wieder aktiv feste Nahrung zu mir. Der erste Bissen normaler Nahrung, der einem nach solch langer Zeit der künstlichen Ernährung gelingt, treibt einem die Freudentränen in die Augen: Ich aß ein Stück Papaya mit Joghurt. Ich verzehrte sie mit einer Mischung aus tiefer Dankbarkeit und der gleichzeitigen Erkenntnis, mit wie wenig man plötzlich richtig viel Glück empfinden kann. Unglaublich! All das war einfach nunmehr unglaublich.

Am 27. August absolvierte ich in der MRT-Röhre meine erste große Nachuntersuchung. Der Moment, als mir Professor Rödel anhand der Aufnahmen mitteilte, dass der Tumor verschwunden sei, war ein Moment, in dem ich weiche Knie und feuchte Augen bekam. Ich wollte nicht nur den Professor umarmen, am liebsten hätte ich das ganze Zimmer umarmt. Da dies schlecht ging, herzte ich einfach Professor Rödel. Dieser Mann hatte mir während der langen und quälenden Behandlungszeit immer wieder Mut gemacht und nicht nur medizinisch die stets richtigen Hilfen gegeben, auch menschlich hat er mir sehr geholfen. Mein Dank gilt aber auch den Krankenschwestern der Krebsstation an der Frankfurter Universitätsklinik, die mir so wunderbar halfen, wenn ich mir oft selbst nicht mehr zu helfen wusste. Sehr dankbar bin ich auch Professor Stöver sowie dessen Assistenten Dr. Hirth, die mir zu Beginn des steinigen Weges beide Mut und Hoffnung gaben, ohne in Schönfärberei zu verfallen. Durch die richtige Beratung und Behandlung der Ärzteteams des Universitätsklinikums Frankfurt und dank der richtigen Therapie habe ich es letztendlich geschafft zu überleben. So schwer und steinig der Weg dieser Therapie auch gewesen ist, es war die richtige Entscheidung und der richtige Weg.

Wenn ich auf diese Zeit zurückblicke, glaube ich, dass mein starker Wille und das Ziel, das ich immer vor Augen hatte, mir die entscheidende Kraft gaben, die unsichtbare, aber stets vorhandene Begleitung in Form der Todesangst hinter mir zu lassen. Ohne die Liebe und die Hilfe meiner Frau und meines Sohnes wäre aber auch mein Wille nicht genug gewesen. Es war die Kombination aus beidem, die mir die Möglichkeit gab, am 17. September 2012, also zwei Monate nach Ende der Krebsbehandlung, wieder auf meinem Surfbrett zu stehen. Die ersten Augenblicke beim Dahingleiten durch die Wellen des türkisgrünen Wassers kamen mir vor wie eine Neugeburt. Für jeden Meter, den ich seitdem auf meinem Surfbrett im Wasser gefahren bin, und für jeden Meter, den ich mit meinen Skiern im Schnee zurückgelegt habe, bin ich seither so unfassbar dankbar, dass das Wort »Dank« meinen Gefühlen nicht einmal ansatzweise Ausdruck verleihen kann. Beide Sportarten waren mein Ziel, um der Umklammerung der Dunkelheit zu entkommen. Für das Mehr an Leben, das ich erhalten habe, besitze ich jetzt eine größere Empfindsamkeit und meine Augen erfassen mehr als jemals zuvor. Der Zeit der tiefsten Dunkelheit in meinem Leben folgte eine Zeit der intensivsten Helligkeit.

Ich habe im Sommer 2012 erneut „dem Teufel tief ins Maul geschaut". Im Gegensatz zum monetären Abgrund vom Sommer 2002 war dies aber ein Blick in tiefe medizinisch körperliche Abgründe, den ich nie vergessen werde. Diese Erfahrung ist wie ein Brandzeichen für immer in mir eingebrannt. Die andere, ebenfalls fest eingebrannte Erfahrung ist, dass ein Wille, ein Ziel und die Liebe von Familie oder Freunden ganz wichtig sind, um Situationen von Verzweiflung zu überwinden und um selbst in der Finsternis zu ahnen, dass das Licht stärker ist.

Die Gedanken zum Schluss

Ich hatte das große Glück und Gespür, in wichtigen Situationen meines Lebensweges das Momentum zu erkennen und entsprechend zu handeln: im Oktober 2000 in Kona auf Hawaii, beim Frühstück mit einem honorigen Amerikaner, als ich eine mutige Antwort gegeben und die Gelegenheit beim Schopfe gepackt habe. Im Frühling 2002 in Frankfurt, als ich die Olympiabewerbung der Stadt als Schubkraft für den neuen IRONMAN Germany genutzt habe. Im November 2009 in Frankfurt, als ich rechtzeitig losgelassen habe. Und im Mai 2012, als ich rechtzeitig zum richtigen Arzt gegangen bin.

Ich hatte den Mut und den Willen, meine Vision gegen viele Widerstände, Bedenkenträger und missgünstige Gegenspieler zum Erfolg zu bringen. Ich bin jenen Menschen dankbar, von denen ich in den Jahren seit 2002 so viel Positives erfahren habe und lernen durfte und die vor allem mein inneres Glück so prägend vermehrt haben. Menschen, denen ich in meinem Leben sonst nie begegnet wäre, hätte ich nicht an jenem Oktobermorgen im Jahr 2000 auf Hawaii auf meine innere Stimme gehört und dem damaligen IRONMAN-Präsidenten die entsprechende Antwort gegeben. Meine Zusage und das ZUPACKEN auf Hawaii war der Beginn der Abenteuerreise meines Lebens, für die ich außer meiner Vision, dem Willen und einem festen Glauben keinerlei Gepäck bei mir hatte. Aufgrund meiner Lebenserfahrung möchte ich Menschen dazu ermutigen, auf ihre innere Stimme zu hören und an Visionen zu glauben. Die etwas lapidare Meinung, dass man mit Visionen zum Arzt gehen sollte, trifft nach meiner bisherigen Lebenserfahrung nicht zu. Das Gegenteil ist richtig: Visionen sollte und muss man ANPACKEN und umsetzen, denn im Kern beruhen diese auf geistiger Beweglichkeit und

Mut. Stillstand und Trägheit ist das Gegenteil von Vision. Ich möchte Menschen dazu ermutigen, Dinge anzupacken, die es wert sind, dass man sie verwirklicht. Ganz egal, wie lange die Reise bis zur Umsetzung auch dauern mag. Machen Sie sich auf den Weg und gehen Sie diesen mutig und entschlossen, und ohne Verzagen. Aber behalten Sie immer auch Ihr inneres Gespür, um den richtigen Moment des Zupackens und Loslassens zu erkennen, damit das Anpacken über den Tag hinaus erfolgreich ist und war.

Ich danke vor allem meiner Familie und Gott, von wo ich auf dieser spannenden Abenteuerreise immer Kraft erfuhr, auch und insbesondere in den Momenten, als es sehr finster und sehr still wurde und ich „dem Teufel tief ins Maul schaute".

Kurt Denk
Gründer Ironman Germany

Zwei Abschlusssätze:

»… Windsurfen und Tiefschneefahren sind natürliche Drogen, mit welchen man sämtliche Türen hinter sich schließen kann …«

»… Alles hat einen Sinn, selbst der größte Unsinn …«

Bildnachweis

Foto: Ingo Kutsche / www.sportfotografie.biz
Frontcover
Backcover
S. 88 Bild 2
S. 90 Bild 2

Foto: Erhard Blatt: Bild-Nr. 3, 4